Eine Woche im Mai

Roman

Herstellung und Verlag: BoD – Books on
Demand, Norderstedt
ISBN: 9783758375835

Eine Woche im Mai
1970

Wenn ich von den großen Städten der Welt träumte, dann dachte ich an London, New York oder Rom. Aber niemals an Berlin. Erst eine Freundin brachte mich darauf, dass auch Berlin eine Stadt mit Weltstadt-Flair war. Zumindest der Westteil der Stadt.

Ich hatte noch eine Woche alten Urlaub und wußte nicht so recht, was ich damit anfangen sollte. Einfach zu Hause bleiben und faulenzen?

„Flieg doch mal nach Berlin," schlug sie mir vor. „Du wirst sehen, dass tatsächlich was dran ist: Berlin ist eine Reise wert! Und auch Sabinchen wird ihren Spaß haben."

Ich ließ mir die Sache durch den Kopf gehen. Sabine war sechseinhalb damals, sie war gerade in der ersten Klasse. Für sie wäre es im Gebirge vielleicht gesünder gewesen. Oder an der See.

Aber dafür blieben uns ja noch die Sommerferien. Warum also nicht einmal eine Stadt entdecken, über die schon so viel gesungen und geschrieben worden war. Warum also nicht Berlin?

Sabine war begeistert. „Dann besuchen wir Bernhard," rief sie und klatschte in die Hände.

„Bitte, Mama! Lass uns Bernhard besuchen."

„Wie stellst du dir das vor. Wer weiß, ob wir ihn finden."

„Wir müssen nur richtig suchen." Für Sabine war das ganz einfach.

Bernhard war ihre große Liebe. Er war Leadsänger einer ganz neuen Gruppe von jungen Musikern, die sich *Transparent* nannten, und die noch kaum jemand kannte. Sie hatte ihn im Fernsehen in der Sendung ‚*Neu entdeckt*' gesehen, in der junge Talente vorgestellt wurden, die noch völlig unbekannt waren. *Transparent*, das war ein bunter Haufen ausgeflippter junger Kerle, die der Moderator als ‚Vier verrückte Jungs aus Berlin' vorgestellt hatte, und seither war Bernhard der Größte für sie. Ich hatte die Sendung damals auch gesehen, und ich verstand sie recht gut. In ihrem Alter hatte ich für Elvis Presley geschwärmt, - nur war Amerika sehr viel weiter weg gewesen als Berlin, und für mich hatte es nicht einmal den Funken einer Chance gegeben, ihm jemals leibhaftig zu begegnen.

„Mal sehen, was sich machen lässt," lachte ich, aber ich war sicher, dass es tausend interessantere Dinge für sie zu sehen und zu entdecken gab, wenn wir erst einmal in Berlin waren. Für Sabine jedoch war meine Äußerung fast schon so etwas wie ein Versprechen.

Und eines Tages war es dann soweit! Glücksstrahlend saß das Kind neben mir im

Flugzeug. Es war das erste Mal, dass sie fliegen durfte, und sie zitterte fast vor Aufregung. Eine der netten Stewardessen hatte ihr kurz vor dem Start beim Anschnallen geholfen, und später brachte sie ihr einen Becher Cola und einen Anstecker der PanAm. Auch mit der alten Dame, die auf der anderen Seite neben ihr saß, hatte sie schnell Freundschaft geschlossen und ihr wahllos zusammengewürfelte Episoden aus ihrem Leben erzählt, - so voller Freude war sie.

Schließlich lag dann Berlin unter uns, rotgolden im Schein der untergehenden Sonne. Sabine drückte die Stirn an die Scheibe. Sie wollte alles wissen, und ihr Fragenstrom nahm kein Ende, - doch die Antworten wartete sie oft gar nicht erst ab, sie hatte keine Zeit, zuzuhören.

Wir hatten ein Zimmer im Hilton. Das ging zwar ein bisschen über unsere finanziellen Verhältnisse, aber es sollten ein paar großartige Tage werden, das hatte ich mir fest vorgenommen. Wir nahmen uns ein Taxi zum Hotel, und als es vor dem Portal hielt, als uns der Portier in dunkelblauer Livree beim Aussteigen behilflich war, als wir durch die elegante Halle schritten und der hübsche kleine Page, der den Schlüssel in Empfang genommen hatte, unseren Koffer zum Lift trug und uns in den vierten Stock begleitete, - da blieb selbst Sabine stumm. Erst als wir in unserem Zimmer am Fenster standen und auf die tausend Lichter der Stadt schauten, von denen es nun, wo es fast dunkel war, von Minute zu Minute mehr wurden, lehnte sie sich an mich und sagte flüsternd: „Gell, Mama, als wärst du die Königin und ich die Prinzessin!"

Den darauffolgenden Tag begannen wir mit einem Stadtbummel. Wir marschierten über den Kurfürstendamm und den Tauentzien, bewunderten den i-Punkt und das KaDeWe, und zwischendurch machten wir Imbiss im *Burger's King* gegenüber der Gedächtniskirche.

„Mama, gucken wir jetzt, wo wir den Bernhard finden?", fragte Sabine unvermittelt.

„Ach du lieber Gott, woher soll ich wissen, wo wir deinen Bernhard finden."

„Bestimmt singt er irgendwo."

„Schon möglich. Wir könnten ja mal ein bisschen auf die Plakate achten," schlug ich vor und dachte, damit wäre das Kapitel vorerst abgeschlossen. Doch so leicht ließ sich Sabine nicht abspeisen. „Hab ich schon", sagte sie, „schon den ganzen Morgen."

„Und?"

Sie zuckte die Schultern. „Nichts."

„Vielleicht ist er mit seiner Gruppe auf Tournee," mutmaßte ich. Ehrlich gesagt, das wäre mir eigentlich am liebsten gewesen, andererseits konnte ich mir aber nicht vorstellen, dass sie als Neulinge schon soweit waren, dass sie auf Tournee gingen.

Sabine seufzte traurig. „Das wäre echt schade, ausgerechnet jetzt, wo ich hier bin..."

Auf einmal blieb sie stehen und überlegte. „Meinst du, das würde dann im *Teenie*-Heft stehen, wenn sie auf Tournee wären?"

„Vielleicht. Aber glaubst du denn, dass sie schon so bekannt sind, dass sie auf Tournee gehen? Und dass das *Teenie*-Heft über sie berichtet?"

„Klar, jetzt, wo sie schon mal im Fernsehen waren. Im *Teenie*-Heft steht von allen Gruppen drin, wo sie spielen."

„Woher weißt denn du das?"

„Von Moni, die kauft das Heft jede Woche."

„So, so!"

„Mama?"

„Ja?"

„Kannst du nicht auch mal das *Teenie*-Heft kaufen? Nur ausnahmsweise, damit wir gucken können...? Und vielleicht sind auch Bilder drin von Bernhard..."

Ich mußte über ihren Eifer lachen. „Na gut, ausnahmsweise", sagte ich und suchte Geld aus dem Portemonnaie, und dann sah ich ihr nach, wie sie selig zum nächsten Kiosk hopste und mit dem bunten Jugendblättchen zurückkam.

„Hilfst du mir suchen?" fragte sie aufgeregt.

Wir setzten uns irgendwo auf ein Mäuerchen und blätterten gemeinsam das Heftchen durch. Doch wir fanden weder Bilder von der Gruppe *Transparent* noch irgendeinen Hinweis über sie auf der Seite mit den Tournee-Daten.

Ich nahm an, dass Sabine nun schrecklich traurig sein würde, - doch weit gefehlt. Sie atmete auf und strahlte. „Dann müssen sie hier in Berlin sein," sagte sie, „vielleicht spielen sie dann im Tre-at-lok."

„Im was?"

„Im Tre-at-lok."

„Was ist denn das?"

„Da spielen die neuen Gruppen manchmal, wenn sie noch nicht so berühmt sind, dass sie in einer große Halle auftreten. Da haben sie dann nur eine ganz kleine Bühne, und wenn man sie sehen will, geht man hin und trinkt was."

Ich schüttelte erstaunt den Kopf. „Woher weißt denn du *das* nun wieder?"

„Gelesen."

„Wo."

„Weiß ich nicht mehr."

„Also, wie heißt das?"

„Tre-at-lok." Sie malte mit der Schuhspitze imaginäre Buchstaben auf das Pflaster, aber ich konnte es nicht entziffern.

„Schreib's mal auf," sagte ich und suchte einen kleinen Block und einen Kugelschreiber aus meiner Tasche. Und dann schrieb sie mit krakeligen Buchstaben ,Dreadlock' auf das Papier.

„*Dreadlock*," wiederholte ich und schaute das Wort nachdenklich an. „Klingt eigentlich ganz vernünftig." Reggae und Dreadlocks waren in

jener Zeit tatsächlich etwas, was durchaus ‚in'
war.

„Wenn es hier in Berlin etwas gibt, das
Dreadlock heißt, dann steht es bestimmt im
Telefonbuch", sagte ich mehr zu mir selbst, aber
Sabine war sofort hellauf begeistert. „Au ja!"

Also machten wir uns auf die Suche nach einer
Telefonzelle, doch als wir schließlich eine
gefunden hatten, fehlten im Buch die Seiten Dra-
bis Du-.

„Was machen wir jetzt?" fragte ich und dachte
an ein schönes heißes Bad, denn die Füße taten
mir weh vom vielen Laufen. Ich ärgerte mich, dass
ich den engen Rock und die hochhackigen Schuhe
angezogen hatte, anstatt ein paar bequemer
Hosen und Sandaletten. Das hatte ich nun davon,
weil ich gedacht hatte, wenn ich schon mal in
einer Stadt wie Berlin war, dann müsste ich auch
ein bisschen die große Dame spielen.

„Es ist besser, wir suchen morgen weiter,"
schlug ich vor, „mir tun die Füße weh, und ich bin
total geschafft."

Doch damit war Sabine ganz und gar nicht
einverstanden. „Oh nein, Mama. Wir finden
bestimmt ein anderes Telefon. Dort hinten ist eine
U-Bahn-Station, sieh mal! Da gibt es ganz sicher
ein Telefon. Bitte, Mama!"

Diesmal hatten wir Glück. Wir fanden ein
Telefon, ein komplettes Fernsprechbuch und
tatsächlich unter D den *Dreadlock-Club*. Er war in

der Rademannstr. 65, - wo immer das sein mochte.

Sabine tat einen Satz. „Rademannstraße! Mama, komm, da gehen wir gleich hin."

„Weißt du denn, wo das ist?"

„Wir nehmen ein Taxi."

„Nein, Bienchen......"

„Dann fahren wir mit der U-Bahn."

„Wir wissen doch gar nicht, in welche Richtung."

„Dann fragen wir eben."

„Und jetzt am helllichten Tag wirst du dort deinen Bernhard bestimmt nicht finden."

„Aber wir erfahren vielleicht, wann er dort singt."

Ich seufzte kopfschüttelnd und ließ mich ein zweites Mal die Treppe zur U-Bahn hinunterziehen.

Nachdem wir uns einmal gehörig verfahren hatten, kamen wir endlich in der Nähe der Rademannstraße wieder ans Tageslicht. Wenig später hatten wir das *Dreadlock* tatsächlich gefunden: Eine düstere Fassade in einer ebenso düsteren Gegend. Die rote Neonschrift über dem Eingang war verstaubt, die großen Fensterscheiben von innen mit schwarzer Pappe ausgelegt, die mit Plakaten und Bildern beklebt war. Ich mußte Sabine hochheben, damit sie sich alles genau ansehen konnte. Es waren Fotos von Rasta-Stars, einem farbigen Trio, einer glutäugigen Südsee-Schönheit, und, - wir hatten tatsächlich eine Spur gefunden, - von Bernhard und seiner Gruppe *Transparent*: Vier junge Männer in einem Aufzug, als seien sie für einen Faschingsball zurechtgemacht.

„Mama!" Sabine gab mir einen Kuss. Dann zog sie mich in Richtung Eingang. „Komm, wir gehen rein."

„Bienchen, ich weiß nicht recht…," meinte ich, „das sieht mir ein bisschen zweifelhaft aus." „Zweifelhaft?"

„Ja, ich glaube eher, das ist eine Art Nachtclub. Da gehen anständige Leute nicht rein. Und Kinder schon gar nicht."

„Ein Nachtclub? Haben die nur nachts auf?"

„Ja", sagte ich und dachte, dadurch ließe sie sich vielleicht aufhalten. Bevor ich sie jedoch stoppen konnte, versuchte sie schon, die Klinke herunterzudrücken, und… die Tür gab nach. Sie lief einen Schritt in das dahinterliegende Dunkel hinein, dann blieb sie stehen, sah sich nach mir um und rief laut: „Komm rein, Mama. Das ist kein zweifelhafter Nachtclub, die haben auf."

„Sabine, komm sofort zurück!" Nur widerwillig und ziemlich ärgerlich folgte ich ihr. Es dauerte eine Weile, bis ich mich an die Dunkelheit im Raum gewöhnt hatte und etwas erkennen konnte. Zuerst sah ich nur ein Heer drohend aufgerichteter Stuhlbeine auf den Tischen. Vorn über der Theke brannte eine einzelne Lampe. Ein

Mann mit aufgekrempelten Ärmeln trocknete Gläser ab und stellte sie hinter sich in ein Regal.

Ich sah ihn erst, als er mich ansprach. „Kann ich was für Sie tun?"

Ich packte Sabine am Arm und wußte nicht, ob ich mich entschuldigen oder einfach ohne ein Wort wieder hinauslaufen sollte.

„Ich…, wir…," stotterte ich, aber für Sabine war das kein Problem. Sie machte sich von mir los und lief ein paar Schritte auf den Mann zu. „Wir suchen Bernhard," sagte sie.

„Bernhard?"

„Ja, Bernhard von *Transparent*. Draußen hängt ein Bild von ihm."

Der Mann lachte. „Ach, du meinst Dina."

„Nein, nein, Bernhard. Ich bin extra aus Brünnhofen hergekommen, um ihn zu sehen. Er ist nämlich mein Lieblingssänger."

Der Mann hatte beide Ellenbogen auf die Theke gestützt und sah zu ihr hinunter. Er lachte wieder. „So, so, extra hierhergekommen bist du! Von woher sagtest du?"

„Sabine!" fuhr ich dazwischen, und an den Mann gewandt, sagte ich: „Entschuldigen Sie bitte. Sie plagt mich schon, seit wir hier in Berlin sind."

„Aus Brünnhofen," plapperte Sabine weiter, ohne sich um mich zu kümmern, „das ist nicht weit weg von Regensburg. Ich hab ihn im Fernsehen gesehen, und einmal waren auch

Bilder von ihm im *Teenie*-Heft. Meine Freundin Moni kauft das immer, und sie hat mir erlaubt, dass ich die Bilder ausschneide. Er ist mein Lieblingssänger, und ich wollte ihn so gerne mal besuchen..."

„Na, das is'n Ding!" sagte der Mann, trocknete sich die Hände an dem Geschirrtuch ab, das er mit dem Gürtel über seiner Hose befestigt hatte und kam hinter der Theke hervor. Er streckte Sabine die Hand entgegen. „Du bist also die Sabine aus Brünnhofen?"

„Ja."

„Ich bin der Max. Und vielleicht kann ich dir tatsächlich helfen, den Bernhard zu treffen."

„Wirklich?" Ihre Augen strahlten.

„Komm heute Abend um neun wieder. Ich werde mit ihm reden, und wenn wir Glück haben, wird er dich sogar persönlich begrüßen."

„Ehrlich?"

„Wenn ich's dir sage!"

Dann schaute er mich an. „Kommen Sie so gegen neun mal vorbei, um diese Zeit haben sie ihren Auftritt." Er wies mit dem Kopf in Richtung einer kleinen Bühne, die ich bis dahin noch gar nicht bemerkt hatte, weil sie im Dunkeln lag.

„Ja, aber... Dies ist nicht gerade was für Kinder..."

Er winkte ab. „Halb so schlimm," meinte er, „wir sind keine Sex-Bar, - nur ein kleiner Musik-Club.

Und wenn jemand extra von so weit herkommt, um *Transparent* zu sehen..."

Mir war trotzdem nicht wohl in meiner Haut, als wir kurz vor neun Uhr in einem Taxi an diesen Ort zurückkehrten. Ich war noch nie in einem Club gewesen und wußte weder, ob ich dafür richtig angezogen war, noch wie ich mich zu verhalten hatte. Die Situation wäre schwierig genug gewesen auch ohne Sabine. Und nun noch mit diesem überglücklichen Kind!

Der Taxifahrer muß uns für verrückt gehalten haben, als wir vor dem *Dreadlock* ausstiegen, als wären wir zum Nachmittagskaffee bestellt. Er schaute mir mit offenem Mund zu, als ich ihm das Fahrgeld in die Hand zählte, - eingehüllt in das Purpurrot der Neonbuchstaben über dem Eingang. Ich dachte sogar mit Schrecken an die Möglichkeit, er könnte die Polizei verständigen.

Der niedrige dunkle Raum vom Nachmittag war kaum wiederzuerkennen. Er kam mir viel größer vor, als ich ihn in Erinnerung gehabt hatte. Farbige Lichtpunkte huschten über das Publikum, - meistens junge Leute, die an kleinen runden Tischen saßen, an der Bar lehnten oder tanzten. Rauchschwaden ballten sich in den Strahlen der Scheinwerfer.

Auf der Bühne sangen drei attraktive braunhäutige Mädchen in glitzernden Kostümchen nach der Musik einer brasilianischen

Band. Der Rhythmus der Trommeln brachte mein Innerstes zum Vibrieren.

Ich blieb am Eingang stehen und schaute mich fasziniert um. Fast vergaß ich, dass ich ein kleines Mädchen von sechs Jahren an der Hand hielt.

Ein junger Mann in dunkelrotem Blazer kam auf uns zu. „Guten Abend, gnädige Frau," sagte er und deutete eine leichte Verbeugung an, „darf ich Ihnen Ihren Tisch zeigen?"

Ich war nicht sicher, ob ich ihn richtig verstanden hatte, folgte ihm aber durch die Tischreihen zu einer kleinen Nische dicht neben der Bühne. Sabine erregte einiges Aufsehen, und die Leute sahen sich nach uns um. Manche lachten sogar, aber sie trug es mit Würde.

„Bitte, nehmen Sie Platz," sagte der junge Mann.

„Aber dieser Tisch ist reserviert. Ich hoffe, Sie verwechseln mich nicht. Ich habe nicht..."

Er lächelte. „Das geht schon in Ordnung. Was darf ich Ihnen zu trinken bringen?"

Ich sah Sabine an. „Ich möchte eine Sinalco," sagte sie gelassen und rutschte auf ihrem Stuhl zurecht. „Und du, Mama?"

Ich schluckte. „Ich nehme eine Cola."

„Mit?" fragte der junge Mann.

„Wie bitte?"

„Mit oder ohne?"

„Mit", entschied ich und hoffte dabei, dass man in Berlin nichts Schlimmeres darunter verstand, als zu Hause im Clubhaus unseres Sportvereins.

Als nächste Attraktion wurde dann *Transparent* angesagt. Sabine hielt den Atem an und griff ins Leere, als sie nach meiner Hand suchte.

„Mama," flüsterte sie, ohne den Blick von der Bühne zu wenden, auf der inzwischen im Halbdunkel eine Schlagzeuganlage aufgestellt wurde.

Als die Spots aufleuchteten, standen sie unvermittelt vor uns: Vier Jungs in Fantasiekostümen aus grellbunten Glitzerstoffen, mit farbigen langhaarigen Perücken und lustig geschminkten Gesichtern.

Vom Bildschirm her hatte ich sie ganz anders in Erinnerung, da hatten sie diese unnahbare unverbindliche Freundlichkeit ausgestrahlt wie das Sandmännchen, der Sprecher der Tagesschau oder der Moderator einer Unterhaltungssendung. Nun aber waren sie so nah, so wirklich, so lebendig. Junge Menschen aus Fleisch und Blut.

Sabine hatte nur noch Augen und Ohren für Bernhard am Mikrophon, den Sänger mit der sanften Stimme, und als Max, unser neuer Bekannter vom Nachmittag zu uns herüberkam und ihr im Vorbeigehen mit der Hand über das Haar strich, erschrak sie ein wenig, so weit weg war sie.

„Da schau her," sagte er. „Da ist sie ja, die Sabine aus Brünnhofen." Er beobachtete sie schmunzelnd. „Ich hab ihm schon gesagt, dass du hier bist, dem Bernhard. Er ist sehr neugierig auf dich, und er freut sich darauf, dich kennenzulernen."

Sabine lächelte und sah ihn an, aber nur ganz flüchtig, damit ihr auf der Bühne nichts entging. Und tatsächlich kam Bernhard nun ein paar Schritte in unsere Richtung an den Rand der Bühne und zwinkerte ihr zu, und es sah tatsächlich so aus, als sänge er sein Lied für sie ganz allein.

Sie war selig.

Die Gruppe spielte drei Songs, von denen einer der Hit war, den sie in der Talentshow vorgestellt hatten. Danach wurden sie von einem farbigen Reggae-Star abgelöst.

„Hast du's gesehen, Mama?", fragte Sabine, als nach einigen Augenblicken wieder Leben in sie kam. „Er hat gezwinkert." Sie schaute mich strahlend an.

„Natürlich hab ich's gesehen", lächelte ich.

Kurz darauf kam Max und tippte ihr auf die Schulter. „Sieh mal, wer da kommt."

Sie fuhr herum, und ihr stockte der Atem.

Sie kamen alle vier, so wie sie waren in ihrer bunten Aufmachung, und sie umringten Sabine und redeten alle zur gleichen Zeit auf sie ein.

Bernhard kniete zu ihren Füßen, und sie schaute auf ihn hinunter wie eine kleine Diva und zog sich immer wieder vor Verlegenheit und Nervosität den Rock fest über die Knie.

„Du bist also die Sabine?"

„Ja."

„Sei ehrlich, bist du wirklich extra wegen uns nach Berlin gekommen?"

„Ja."

„Gott, ist die süß", sagte einer und streichelte ihre Wange, während die anderen durcheinander fragten: „Woher kommst du denn eigentlich? Aus Brünnhofen? Wo liegt denn das?" und „Kennst du nur Dina, also den Bernhard? Oder weißt du auch, wer wir anderen sind?"

Ich rutschte mit meinem Stuhl ein bisschen zur Seite, um ihnen Platz zu machen.

Der große blonde Schlagzeuger setzte sich neben sie auf ihren Stuhl. „Rutsch mal'n Stück", meinte er und nahm sie dann kurzerhand auf seine Knie. „Sag bloß, du weißt auch, wer *ich* bin?"

Sie nickte.

„Na komm, dann sag schon: Wer bin ich?"

Sie sah ihn geniert von unten herauf an, und erst, als er sie in die Seite stupste, kicherte sie und sagte kaum hörbar: „Ritchie."

Jetzt wollten natürlich auch die beiden anderen wissen, ob sie wußte, wer sie waren, und auch die nannte sie beim Namen: Der Bass-Gitarrist mit der Clownsmaske war der Mike, und der Leadgitarrist mit der pinkfarbenen Perücke war der Rainer. Es war mir ein Rätsel, woher sie das wußte.

„Hast du dir denn auch schon Berlin angesehen?" fragte Bernhard.

Sie nickte. „Den i-Punkt."

„Und den Funkturm?", wollte ein anderer wissen.

„Nein, den nicht, aber das KaDeWe."

„Aber doch sicher das Brandenburger Tor, oder?"

„Nein, das auch nicht."

„Den Reichstag und das Olympia-Stadion?"

Sie schüttelte den Kopf."

„Na sowas! Dann kennst du Berlin ja überhaupt noch nicht richtig", stellte Mike fest. „Ich glaube fast, wir sollten es dir mal zeigen."

Ritchie griff diesen Vorschlag auf. „Das ist *die* Idee! Wir laden dich zu einer Stadtrundfahrt ein. Was sagst du nun?"

Die anderen stimmten begeistert zu.

Sabine sah unsicher zu mir herüber. „Aber nur, wenn meine Mama mit darf."

Sie sahen sich flüchtig nach mir um und lachten. „Natürlich, deine Mama nehmen wir auch mit."

Die Angelegenheit war schnell besprochen: Punkt zehn Uhr wollten sie uns am nächsten Morgen vom Hotel abholen und Sabine alles zeigen, was es Sehenswertes in Berlin gab. Sie war sozusagen der Fan von morgen, und stellvertretend für alle Fans hatten sie beschlossen, ihr eine Freude zu machen.

Max bestellte ein Taxi für uns, und als ich die Getränke bezahlen wollte, winkte er ab.

„Nicht doch!", sagte er. „Das geht auf Kosten des Hauses."

Der Taxi-Chauffeur wartete bereits an der Tür, als sich alle von Sabine verabschiedeten.

„Gute Nacht - Bis morgen. - Schlaf gut, Sabine - Es war nett, dich kennenzulernen."

Sie gaben ihr die Hand, strichen ihr über das Haar, nickten mir kurz zu und verschwanden dann durch den Ausgang neben der Bühne, durch den sie auch gekommen waren.

Im Taxi kuschelte sich Sabine glücklich in meinen Arm. „Hab ich das nur geträumt, Mama?"

Ich lachte. „Warte bis morgen, dann weißt du's."

Sie gähnte und schloss die Augen. „Gefällt er dir?" fragte sie blinzelnd.

„Du meinst Bernhard?"

„Ja. Und Ritchie."

‚Aha,' dachte ich und sagte: „Er ist auch sehr nett."

„Ja, find ich auch."

Sie kamen in einem alten Opel, der mindestens zwanzig Jahre auf dem Buckel hatte. Die aufgemalten grellrot- und orangefarbenen Flammen auf den hochgezogenen Heckflossen sollten ihm zwar das Aussehen eines superschnellen Fahrzeugs geben, erinnerten aber eher an die nachgemachten Raketen eines Karussells auf dem Rummelplatz. Ritchie saß am Steuer. Er stieg aus und winkte, als er uns kommen sah.

„Hallo!" rief er schon von weitem. Er wirbelte Sabine hoch durch die Luft bis sie quiekte. „Wir haben volles Programm heute", sagte er, „ich hoffe, du hast gut gefrühstückt und bist fit. Hast du wenigstens gut geschlafen?"

„Ja", lachte sie und ließ sich wieder auf den Boden stellen. „Du auch?"

Mike, der Bass-Gitarrist schob den Sitz vor, um uns in den Fond des Wagens einsteigen zu lassen.

„Rutsch ein bisschen, Dina", sagte er zu Bernhard, der dort hinten in der Ecke saß und sich nun weiter zurückzog, um uns Platz zu machen.

„Ward ihr gestern nicht zu viert?", fragte ich, und Mike antwortete: „Ja schon, aber Rainer hat heute Familientag. Sein Junior hat einen Arzttermin." Ritchie schloss die Türen, setzte sich hinter das Steuer und ließ den Motor an, doch bevor er losfuhr, schaute er sich noch einmal nach uns um und streckte mir die Hand entgegen.

„Ich bin übrigens der Ritchie," sagte er. „Ich meine, wir sollten ‚du' zueinander sagen, okay?"

Ich schlug ein. „Einverstanden, ich bin die Petra."

Nun hielt mir auch der Bass-Gitarrist die Hand hin. „Ich heiße Mike."

Ich nickte ihm zu. „Hallo, Mike."

Bernhard saß noch immer in seiner Ecke und beobachtete uns. Als ich ihn ansah, lächelte er. Erst in diesem Augenblick bemerkte ich, dass er der einzige war, dessen Outfit sich gar nicht so sehr von dem unterschied, was er am Vorabend auf der Bühne getragen hatte, - es war nur nicht mehr ganz so grell und bunt. Während die anderen beiden nun Jeans und knappsitzende T-Shirts trugen, war er mit einer buntbedruckten weiten Stoffhose bekleidet, sein Shirt war lang, schien viel zu groß für ihn zu sein und ließ keinerlei Rückschlüsse auf die Figur seines Trägers zu. Sein dunkelbraunes Haar hing ihm in hübschen langen Locken über Brust und Schultern, und zu meiner Verwunderung stellte ich fest, dass er, - wenn auch sehr viel dezenter, als am Abend zuvor auf der Bühne, - auch diesmal wieder geschminkt war. Das war recht ungewöhnlich für einen jungen Mann. Eigenartigerweise ließ ihn das aber weder verrückt noch lächerlich aussehen. Im Gegenteil, ich fand, es passte zu ihm.

Sein Händedruck war kräftig und fest. „Die anderen sagen ‚Dina' zu mir", sagte er. „Du kannst mich aber auch Bernhard nennen. Von mir aus auch ganz anders, wenn du willst. Mir ist es egal."

„Dir ist es egal?", fragte ich erstaunt.

Er lächelte wieder. „Ja. Was ist schon ein Name. Jeder sollte mich so nennen, wie er mich sieht."

Ratternd und schnaubend bahnte sich unsere

Mini-Rakete ihren Weg durch die Straßen Berlins. Mike spielte den Reiseführer und erklärte uns, was zu unserer Rechten oder Linken an Sehenswertem an uns vorüberzog. Sabine war von Anfang an ganz nah an Bernhard herangerutscht, und in der erstbesten Kurve ließ sie sich gegen seine Schulter fallen und sah strahlend zu ihm auf. Ganz schön raffiniert, meine kleine Diva, dachte ich und mußte lächeln. Doch sie ließ auch Ritchie nicht aus den Augen. Kichernd suchte sie seinen Blick im Rückspiegel, oder wich ihm aus, bis auch er lachen mußte und sich an einer roten Ampel nach ihr umsah und meinte: „Sabinchen, Sabinchen, bring den guten Onkel Ritchie nicht durcheinander."

Unser erstes Ziel war der Funkturm. „Das ist unser ‚Langer Lulatsch'", erklärte Mike. „Er ist der Größte in Berlin, nämlich 158 m hoch. Und wenn es so richtig bläst und stürmt, dann spürt man da oben, wie er hin- und herschwankt."

„Fällt man denn dann nicht runter?" fragte Sabine bestürzt.

Mike lachte. „Nee, von wejen det Jeländers", antwortete er ihr in schönstem Berliner Dialekt, und das gefiel meiner Tochter so sehr, dass sie gleich mehr davon hören wollte.

Wir fuhren mit dem Fahrstuhl bis hinauf auf die Aussichtsplattform, und Sabine ließ sich von ihnen auf den Arm nehmen und erklären, was es da unten zu sehen gab.

„Schau, der große Bau, das ist der Sender ‚Freies Berlin', und dort drüben siehst du die Ruine der Kongresshalle. Für die ist da unten das neue Kongresszentrum gebaut worden. - Sieh mal, der Reichstag und das Brandenburger Tor. Und der grüne Fleck dort, das ist der Tiergarten."

„Sind da Tiere drin?"

„Nein, der heißt nur so. Die Tiere, die du meinst, die sind im Zoo."

„Wo ist denn der Zoo?"

„Daneben, bei der Gedächtsniskirche. Schau, dort ist auch der i-Punkt, wo man so schön eislaufen kann."

„Eislaufen?"

„Ja. Kannst du Schlittschuhlaufen?"

„Nein."

„Dann solltest du es unbedingt lernen, das macht nämlich riesigen Spaß."

„Zeigst du mir's?"

„Wenn wir noch Zeit dazu haben, gern."

„Auja! - Mama, hast du gehört? Der Ritchie zeigt mir, wie man schlittschuhläuft."

Ich warf ihr einen strengen Blick zu. „Sei froh, dass sich der Ritchie und seine Freunde die Zeit nehmen, dir Berlin zu zeigen und verlange nicht immer noch mehr", sagte ich peinlich berührt.

Sabine nickte, sie schien mich verstanden zu haben, und ich hoffte, dass sie sich fortan danach richtete. Dann rannte sie los zum anderen Ende der Plattform, wo sie von Mike ein paar Zehner für das Fernrohr bekam. Und schon ging es wieder von vorne los: „Siehst du die Gedächtsniskirche? Ja? - Und ganz weit links, - noch weiter, - das Blaue, - das ist der Wannsee…"

Ich lief auf die andere Seite hinüber. Es war zugig und frisch, der Wind fuhr mir durchs Haar und blies mir die Strähnen ins Gesicht. Aber ich fand es schön da oben. Der Straßenlärm kam nur ganz gedämpft herauf. Unter uns lag die Stadt wie ein Teppich aus sorgsam zusammengefügten Steinchen, unterteilt durch ein Netz verschiedenster Linien: Ganz gerade, in weitem Bogen verlaufend, oder sich kreuzend… Und dazwischen all die unzähligen kleinen, sich bewegenden Farbpunkte. Man konnte sich kaum vorstellen, dass das Menschen waren, die dort unten in diesem Mosaik aus Mauern, Dächern und Straßen lebten und sich bewegten. Jeder einzelne hatte seine Geschichte, und doch schien von oben aus alles eins zu sein: Ein unendliches pulsierendes Ganzes. Was bedeutete da schon der einzelne Mensch?

Bernhard stand ein paar Meter weiter neben mir, auch er schaute hinunter. Vielleicht gingen ihm ähnliche Gedanken durch den Kopf? Als er sich nach mir umsah, wollte ich etwas zu ihm sagen. Irgendetwas, - einfach, um mit ihm zu reden. Aber da kam mir Sabine entgegengehopst, hängte sich bei mir ein und zog mich mit sich fort. „Komm mit, Mama, ich zeige dir den Wannsee und die Gedächtniskirche und all das andere." Sie machte eine umfassende Handbewegung, als gehöre ihr die ganze Stadt.

Später sahen wir uns dann alles, was wir vom Funkturm aus gesehen hatten, im Vorüberfahren aus der Nähe an: Das Reichstagsgebäude, das Brandenburger Tor und die Mauer, die die Stadt in einen Ost- und einen Westteil trennte, und deren deprimierender Anblick durch die Menschenschlange, die begierig darauf wartete, einen Blick auf die andere Seite zu werfen, noch verstärkt wurde. Wir fuhren um die Siegessäule herum, hielten vor dem Schöneberger Rathaus und bestaunten das Hansa-Viertel und das Charlottenburger Schloss...

Über Mittag hatte ich unseren Stadtführern irgendwo schnell eine Currywurst mit Pommes spendiert, und am Nachmittag machten wir an der Krummen Lanke bei Kaffee und Kuchen bzw. einem Becher Schokolade für Sabine eine Pause. Wir hatten viel Spaß miteinander gehabt, hatten viel zusammen gelacht. Ich wunderte mich, dass Bernhard, den ich anfangs für still und in sich gekehrt gehalten hatte, durchaus auch lustig sein konnte, und Sabine hatte Mühe, ihre Gunst einigermaßen gerecht zwischen ihm und Ritchie zu verteilen.

Als sie uns vor dem Hotel absetzten, - inzwischen dämmerte es schon, - waren wir längst

Freunde geworden, und uns allen tat es leid, dass der schöne Tag schon zu Ende war.

„Jetzt hat es doch nicht mehr zum Schlittschuhlaufen gereicht", sagte Sabine traurig zu Ritchie.

„Das holen wir nach."

„Ehrenwort?"

„Ehrenwort."

Sabine versuchte, ihn festzunageln. „Wann?"

„Morgen, wenn ihr nichts besseres vorhabt."

Sabine klatschte in die Hände, doch Bernhard schüttelte den Kopf und legte ihr bedauernd den Arm um die Schulter. „Morgen geht's leider nicht, wir haben einen Termin im Studio."

Ritchie schlug sich mit der Hand gegen die Stirn. „Ja richtig! Tut mir leid, Sabinchen, das hatte ich ganz vergessen. Aber wir verschieben's dann auf übermorgen, einverstanden?"

Sabine nickte. „Was ist das, ein Studio?", fragte sie neugierig.

„Dort machen wir Musik. Wir probieren das aus, was uns in letzter Zeit so eingefallen ist, und was uns gefällt, das nehmen wir auf und sammeln es für eine Demo, die wir dann an eine Plattenfirma schicken. Damit die Leute dort eines Tages eine richtig bekannte Band aus uns machen können", erklärte ihr Ritchie. Dann wandte er sich an mich. „Würde dich das nicht auch interessieren?"

„Ja, natürlich", antwortete ich, „sehr sogar!"

„Dann kommt doch einfach mit. Ihr seid unsere

Ehrengäste und dürft uns zuhören."

Ich sah von einem zum anderen. „Natürlich nur, wenn es euch nichts ausmacht. Ihr habt uns schon so viel eurer Zeit geopfert, wir wollen euch keinesfalls von eurer Arbeit abhalten oder euch am Ende gar auf die Nerven gehen."

Sie protestierten alle drei, und so verabredeten wir uns schließlich für den nächsten Tag.

Nach einem letzten Händeschütteln und „Gute Nacht!" stiegen sie in ihre Rakete und fuhren winkend davon. Ein aufregender Tag in Berlin ging dem Ende zu.

Das sogenannte Tonstudio befand sich in der ausgedienten Werkstatt einer ehemaligen Polsterei und lag in einer der weniger ansprechenden Gegenden im Norden von Berlin. Es gehörte einem farbigen Kubaner namens Tammy. Der Weg führte durch das Treppenhaus eines alten heruntergekommenen Wohnhauses und über einen engen dunklen Hinterhof, in dem überlaufende Mülltonnen, ein paar leere Kisten und anderes schmutziges Gerümpel herumstanden.

„Nicht gerade sehr einladend, was?", meinte Ritchie, der uns vom Hotel abgeholt hatte, achselzuckend. „Aber ziemlich günstig. Andere Bands haben in Garagen oder Kellerräumen angefangen, ihre Songs aufzunehmen, wir können froh sein, dass uns Tammy die Chance gibt, es hier zu machen. Später, wenn wir mal den großen Durchbruch geschafft haben", er lachte, „dann können wir uns bestimmt was Besseres leisten."

Sabine hielt meine Hand fest umklammert, und als Ritchie vorausging, sah er sich immer wieder nach uns um, um sicherzugehen, dass wir ihm auch unbeschadet folgten. „Vorsicht, Stufe!", warnte er uns, und dann öffnete er eine Tür mit der Aufschrift: „Keep out!"

Ich verstand nichts von Ton-Studios, stellte aber dennoch fest, dass es mit allem ausgestattet zu sein schien, was man brauchte, um ein Demoband aufzunehmen. Es gab Mischpulte, Bandmaschinen und diverse Geräte, deren Verwendungszweck ich nicht einmal erahnen konnte.

Vor dem großen Fenster aus Reliefglas standen Mike und Bernhard mit einigen jungen Leuten beisammen und diskutierten eifrig, schwiegen aber, als wir eintraten. Einer davon war Rainer, ich erkannte ihn auch ohne sein farbiges Outfit, das er im *Dreadlock* getragen hatte.

„Ich hoffe, wir stören euch nicht", sagte ich zu ihm, als er mir die Hand gab. Er lächelte. „Das hoffe ich auch", meinte er geradeheraus. Er beugte sich zu Sabine hinunter und wies in eine Ecke des Raumes. „Sieh mal, ich hab dir jemanden mitgebracht, damit dir's nicht zu langweilig wird."

Auf einer Bank, die entlang einer weißgekalkten Wand stand, - ein wenig verdeckt durch eine der Anlagen, - saß ein kleiner Junge etwa im gleichen

Alter wie Sabine. „Das ist mein Sohn Andy. - Na, was ist? Geh mal rüber zu ihm und stell dich vor!"

Sabine sah mich fragend an, und erst, als ich ihr aufmunternd zunickte, hüpfte sie davon, und ich sah, wie sie sich neben den kleinen Jungen setzte und auf ihn einplapperte.

Der Kubaner beobachtete mich vom Fenster her, es schien ihm nicht zu gefallen, dass ich, als Fremde, mitgekommen war. Er kam nicht zu uns herüber, machte sich stattdessen an verschiedenen Geräten zu schaffen und gab einem seiner Helfer Anweisungen.

Kurz darauf nahm Rainer Bernhards Arm. „Bist du soweit, Dina? - Können wir anfangen, Ritchie?" fragte er in die Runde, und an mich gewandt fügte er hinzu, indem er auf die Bank wies, auf der die Kinder saßen: „Sie können auch dort drüben Platz nehmen."

„Das ist Petra", sagte Mike, „wir haben gestern beschlossen, dass wir uns duzen. - Petra, das ist Rainer, unser Boss."

„Okay, einverstanden", meinte der, du kannst dich also auch dort drüben hinsetzen, Petra. - Und jetzt kommt, Leute, lasst uns endlich anfangen."

Es ist schwer für mich, diesen Tag zu beschreiben. Ich verstand nicht viel von dem, was in diesem Studio gemacht wurde, ich hörte nur voller Staunen das, was dabei herauskam, und ich war fasziniert, was man mit Verstärkern und durch richtiges Mischen erreichen konnte. Rainer und der Kubaner gaben den Ton an, was die Technik betraf, die eigentlichen Ideen für die Songs aber kamen von Bernhard. In seinem Kopf hatte sich so vieles angesammelt, dass es jetzt nur so aus ihm heraussprudelte. Da trällerte er zuerst nur eine kurze Folge von Noten, die ihm irgendwann einmal eingefallen war, und dann hatte er im Handumdrehen auch einen erstaunlich guten Text dazu. Die übrigen Musiker griffen das Thema auf und untermalten es mit ihren Instrumenten. Tammy ließ das Band mitlaufen, schaltete, schob Hebel hin und her, gab kurze knappe Kommandos und schwitzte dabei, dass ihm der Schweiß von der Stirn tropfte.

Sabine und der kleine Andy hatten sich schnell angefreundet. Eine Weile spielten sie ‚Schwarzer Peter' und später ‚Tiere raten', und nur wenn sie ein bisschen zu laut wurden, legte ich den Finger auf den Mund und ermahnte sie, leiser zu sein. Doch eigentlich störten sie nicht, denn ihr Geplapper und Gekicher ging im Sound der Gitarren oder in Ritchies Trommelwirbel unter. Irgendwann am frühen Nachmittag wurde eine Pause eingelegt und Rainer verteilte Brezeln.

Ich stand noch ganz unter dem Eindruck von Bernhards Songs, von der Vielfalt seiner Melodien, der Poesie seiner Texte und seiner einschmeichelnden sanften Stimme, als er plötzlich neben mir stand. Müde fuhr er sich mit dem Handrücken über die Augen, aber er schien zufrieden mit den Aufnahmen zu sein. Mit einem Lächeln setzte er sich neben mich.

„Gefällt dir unsere Musik?", fragte er.

„Ja, sehr. Sag, machst du alle Texte selber?"

„Die meisten."

„Wann fällt dir sowas ein."

Er zuckte die Schultern. „Immer und überall. Vielleicht schreib ich auch mal einen Song über dich."

„Über mich?" Ich mußte lachen.

„Ja, warum nicht?"

„Über mich kann man doch kein Lied schreiben."

„Oh, doch! Ich könnte es *Jeannie* nennen."

„Warum denn das?"

„Als Kind hat mir mal ein Comic-Heft gehört über Jeannie, den Geist aus der Flasche. Du erinnerst mich irgendwie daran."

„Aber Jeannie war blond, ich habe die Fernseh-Serie gesehen."

„Meine hatte dunkles Haar, und sie sah aus wie du. Wenn du nichts dagegen hast, werde ich dich Jeannie nennen."

Ich lachte wieder. „Von mir aus. Dann werde ich Dino zu dir sagen."

„Dino? - Ist dir das lieber, als Dina?"

„Ja."

Er musterte mich neugierig mit einem leicht ironischen Lächeln. „Dina gefällt dir nicht für einen Jungen, wie?"

Ich hielt seinem Blick stand. „Nein, nicht besonders."

„Du meinst, das klingt irgendwie schwul, stimmt's?"

„Ja."

„Würde es dich stören, wenn ich schwul wäre?"

„Stören? Nein, stören ganz sicher nicht, es ist deine Sache. Aber ich fände es schade."

„Schade? Wieso denn das?"

„Dann gingst du der weiblichen Welt verloren", antwortete ich und fügte belustigt hinzu: „Und das wäre doch wahrhaftig schade!"

Er grinste. „Sieh einer an, du verstehst dich ja aufs Komplimente machen. - Hast du eigentlich einen Mann?"

„Wie meinst du das?"

„Genauso, wie ich es sage. Hast du nun einen oder nicht?"

„Du meinst, ob ich verheiratet bin?"

„Nicht unbedingt. Ich meine einfach, ob du allein bist, oder ob es jemanden in deinem Leben gibt."

„Nein, ich bin allein."

„Und Sabines Vater?"

„Wir waren verheiratet, er ist vor vier Jahren gestorben."

„Das tut mir leid. Wie ist das passiert?"

„Ein Unfall. Er war Berufssoldat, er kam bei einer Explosion im Waffenlager ums Leben."

„Hast du ihn geliebt?"

„Ja", sagte ich mit einem hilflosen Schulterzucken, „natürlich."

„Und jetzt?"

„Was jetzt?"

„Willst du nicht wieder heiraten?"

„Nein, ich glaube nicht."

„Hat es seither keinen Mann mehr für dich gegeben? So richtig, meine ich."

Ich schluckte. Ganz schön unverschämt, was er mir da für Fragen stellte, dachte ich. Dennoch sah ich ihn offen an. „Du meinst, ob ich seither mit jemandem geschlafen habe?"

„Ja."

„Hab ich."

„Und?"

„Nichts. Es war nichts. Ich habe es schon hundertmal bereut."

Sein Blick tastete sich neugierig über mein Gesicht, als interessiere ihn jeder Zug, jedes Fältchen. „Du schminkst dich nicht", stellte er nach einer Weile fest. „Warum eigentlich nicht?"

„Ich weiß nicht, ich tu's nur selten. Ich finde, es passt nicht zu mir."

„Doch! Ich finde, es würde auch zu dir passen. Man kann seine Persönlichkeit dadurch unterstreichen, wenn man es richtig macht. Hast du es überhaupt schon mal versucht? Es richtig zu machen, meine ich?"

„Natürlich. Bei anderen gefällt's mir, aber ich

selbst komme mir dann eher fremd vor. Irgendwie... verändert. Aufgetakelt..."

„Du hast also Angst, du könntest anderen aufgetakelt vorkommen? Du denkst, sie könnten dich dann ‚gewöhnlich' finden?"

Ich nickte. „Ja, vielleicht."

„Du mußt dir abgewöhnen, dich nach anderen Leuten zu richten. Tu' einfach das, was *dir* gefällt. Nur *du* allein zählst. Sieh mich an: Ich bin wie ich bin, und wenn ich jemandem so nicht gefalle, dann ist das sein Problem, nicht meines."

Ich sah ihn an. Er hatte hübschere Augen, als die meisten Mädchen, die ich kannte. Eine widerspenstige Locke hing ihm in die Stirn. Mit einer unwilligen Handbewegung strich er sie zur Seite. „Stört es dich, dass *ich* mich schminke?"

„Warum fragst du? Du bist wie du bist, hast du gesagt. Was für eine Rolle spielt es da, ob es mich stört oder nicht?"

„Es interessiert mich einfach. Vielleicht, weil mir deine Antwort einiges über *dich* sagt."

Ich lachte. „Nein, es stört mich nicht. Zufrieden?"

„Okay, zufrieden."

„Darf ich dich jetzt auch mal was fragen?"

„Natürlich."

„Warum bist du eigentlich so entsetzlich neugierig?"

Er hielt mitten in seiner Bewegung inne und sah mich verblüfft an, dann schien er tatsächlich etwas verlegen zu sein. „Aber du kannst mich doch auch alles fragen! Alles, was du willst", sagte er, und es klang wie eine Entschuldigung.

„Nein, das kann ich nicht. Ich bin es nicht gewöhnt, so frei heraus persönliche Fragen zu stellen."

„Wenn ich etwas wissen will, dann frage ich einfach." Er hob die Schultern und breitete die Arme aus. „Also los, frag mich jetzt. Alles, was du wissen willst. Es gibt nichts, was ich dir nicht sagen würde."

Ich lachte hilflos. „Du bist unmöglich", sagte ich kopfschüttelnd.

Er streckte mir die Hand hin. „Trotzdem Freunde?", fragte er mit einem Lächeln.

Ich schlug ein und lächelte zurück. „Trotzdem Freunde."

Nach dieser Pause war auf einmal alles anders, - ich hätte nicht erklären können, warum. Dabei lief alles genauso ab, wie vorher auch: Dino stand am Mikrophon und sang eine Passage manchmal vier- oder fünfmal, bis alle damit zufrieden waren, Tammy lobte den einen oder anderen und feuerte die Musiker an, oder er brach mitten in der Aufnahme ab und schüttelte den Kopf, weil ihm etwas nicht gefiel.

Die Kinder hätten gern eine Weile im Hof gespielt, was ihnen aus Sicherheitsgründen aber nicht erlaubt wurde. Stattdessen hockten sie auf dem Boden und spielten ‚Abheben' mit einer alten zusammengeknoteten Schnur, die sie irgendwo gefunden hatten.

Als wir gegen Abend aufbrachen und das Studio durch den schmutzigen Hausgang wieder verließen, lief Dino neben mir. „Sehen wir uns nachher im Club?"

Ich schüttelte den Kopf. „Das geht nicht, ich kann Sabine nicht allein lassen. Und mitnehmen kann ich sie auch nicht schon wieder."

„Schade! - Dann gute Nacht, Jeannie."

„Gute Nacht, Dino."

Rainer hatte Andy zum Eislaufen mitgebracht, und der schwenkte seine Schlittschuhe schon, bevor er richtig aus dem Auto heraus war. „Hast du keine?", fragte er Sabine mitleidig.

Sie schüttelte den Kopf.

„Vielleicht passen dir ja meine, dann darfst du nachher auch mal", tröstete er sie. Aber Ritchie nahm sie an die Hand und sagte: „Man kann welche ausleihen, wir finden ganz sicher ein Paar passende für dich."

Er hatte den Wagen in der Nähe unseres Hotels geparkt, von dort aus war es nicht weit bis zur Eislaufbahn im i-Punkt. Ich war enttäuscht, dass Dino nicht mitgekommen war, aber ich hatte nicht den Mut, nach ihm zu fragen. Plötzlich hatte ich Angst, ich könnte ihn vor unserer Abreise vielleicht gar nicht mehr sehen.

Sabine war zuerst ein wenig ängstlich, als sie das erste Mal auf Schlittschuhen stand, aber Ritchie nahm sie bei den Händen und zog sie neben sich her, und mit jedem Bogen, den sie über das Eis zogen, wurde sie mutiger und sicherer, und schließlich ließ sie sich mit einer Hand von ihm los und winkte mir stolz zu. Ich stand mit Mike an der Brüstung und schaute ihnen zu. Wir lobten Sabines kleine Fortschritte, bewunderten die Kunststückchen, die uns Andy vorführte und amüsierten uns über Rainer, der selbst recht unsicher auf den Schlittschuhen stand. Auf der anderen Seite der Eisfläche tanzte ein Pärchen nach der Disco-Musik, die aus dem Lautsprecher kam, und ein junger Mann versuchte sich an einem doppelten Rittberger, fiel prompt hin und rutschte ein paar Meter auf dem Hosenboden weiter.

„Ihr solltet ein paar Tage länger bleiben," sagte Mike zu mir, „das würde Sabine sicher gefallen. Fünf Tage sind viel zu wenig."

„Ja, das ist wahr."

„Könntet ihr nicht noch was dranhängen?"

„Leider nicht, ich muß am Montag schon wieder arbeiten."

„Es gäbe noch so vieles, was ihr euch ansehen solltet."

„Dann werden wir wohl eines Tages wiederkommen müssen", lachte ich. „Aber wahrscheinlich werdet ihr zunächst mal froh sein, wenn ihr wieder eure Ruhe habt. Ich hatte wirklich nicht vor, eure Zeit so in Anspruch zu nehmen."

„Das hat uns doch auch Spaß gemacht. Uns allen."

„Nett, dass du das sagst. Dafür werden wir auch ewig eure Fans bleiben und alle eure Platten kaufen, die ihr jemals herausbringen werdet."

Er lachte. „Das hoffe ich doch!"

Als unsere Eisläufer genug hatten und mit roten Backen wieder neben uns standen, stellten sie fest, dass Schlittschuhlaufen hungrig macht, und dass sie nun unbedingt etwas zu essen brauchten. Im i-Punkt fanden wir eine kleine Imbissstube, wo wir uns eine Kleinigkeit bestellten.

Sabine und Andy verstanden sich prächtig. Immer wieder steckten sie die Köpfe zusammen, kicherten und tuschelten und stellten uns schließlich vor die Tatsache, dass sie sich für den nächsten Nachmittag bei Andy zu Hause verabredet hatten, damit er ihr seine Katze, sein Kaninchen und seine beiden jüngeren Schwestern zeigen konnte.

„Nein, Bienchen...", fiel ich ihnen ins Wort, „du kannst dich nicht immerzu selbst einladen. Du blamierst mich ja..."

„Hab ich gar nicht", verteidigte sie sich, „das war Andy."

„Hat sie wirklich nicht. Das war ich."

Mir war das sehr peinlich, doch als ich vorsichtig zu Rainer hinübersah, erwiderte er meinen Blick und hob grinsend die Schultern. „Da kann man wohl nichts machen", meinte er, „deshalb schließe ich mich der Einladung meines Juniors an: Ihr seid herzlich willkommen."

Ich hätte mich noch immer am liebsten verkrochen und nahm mir vor, Sabine gehörig den Kopf zu waschen, sobald wir allein waren. „Tut mir leid, Rainer!", entschuldigte ich mich. „Das geht doch nicht! Was wird denn deine Frau dazu sagen."

„Die hat bereits schon so viel von euch gehört, dass sie inzwischen schon ganz neugierig auf euch ist. Also lassen wir's doch dabei: Morgen Nachmittag Kaffeekränzchen bei uns in Schmargendorf."

Am Auto angekommen, wollte ich mich verabschieden, aber Mike hielt meine Hand fest. „Ich dachte, ihr kommt noch mit", sagte er.

„Wohin denn?"

Er machte ein geheimnisvolles Gesicht. „Lasst euch überraschen."

Rainer trat einen Schritt zurück. „Wir müssen allerdings passen", meinte er und zog Andy neben sich. „Wir müssen nach Hause, unsere Mama wartet."

Sabine war traurig. „Schade", jammerte sie, aber Rainer zwinkerte ihr zu. „Ihr seht euch dann ja morgen", meinte er, und mich fragte er: „Habt ihr eigentlich unsere Adresse?" Doch bevor ich ihm antworten konnte, meldete sich Ritchie und meinte: „Keine Sorge, wir wollten uns eh' in Schmargendorf treffen, weil es noch einiges für uns zu bereden gibt. Ich hole euch ab und nehme euch mit." Dann wies er auf die geöffnete Autotür. „Jetzt kommt, steigt ein."

„Was habt ihr denn noch vor? Stören wir euch wirklich nicht?"

Er lächelte. „Red keinen Unsinn. Glaubst du, ich würde euch sonst mitnehmen."

Nachdem wir Rainer und Andy in Schmargendorf abgesetzt hatten, fuhr Ritchie zurück in Richtung Schöneberg, er schien ein bestimmtes Ziel vor Augen zu haben.

„Wo fahren wir denn hin?", fragte Sabine neugierig, bekam aber keine Antwort. Da auch ich neugierig geworden war, überlegte ich, welche der Berliner Sehenswürdigkeiten wir bisher noch nicht gesehen haben könnten, aber mir fiel nichts mehr ein.

In der Nähe des Schöneberger Rathauses bog er in eine kleine Nebenstraße ein und hielt vor einem der alten herrschaftlichen Berliner Stadthäuser, die, - mit ein bisschen Fantasie, - den Glanz vergangener Jahre erahnen ließen.

Sabine drückte sich an der Scheibe die Nase platt. „Sind wir da?" fragte sie, aber sie schien enttäuscht zu sein.

„Jawoll, wir sind da", war Ritchies Antwort.

„Wohnst du hier?"

„Nein."

„Wer dann?"

Mike ließ mich aussteigen, und auch ich sah mich neugierig um. In einem kleinen Vorgarten blühten Blauranken und Gänsekresse, und an den schmiedeeisernen Balkongeländern hingen Kästen mit Geranien, Pelargonien und Petunien, - lustige Farbtupfer im eintönigen Grau und Braun der Fassade.

Das Treppenhaus war spiegelblank und roch nach Bohnerwachs, die Holztreppe knarrte, als wir hinaufstiegen. Ein Mosaikfenster, aus unzähligen kleinen Stücken farbigen Glases zu einem hübschen Ornament zusammengesetzt, warf rote, grüne und blaue Lichtpunkte auf die Treppe und das kunstvoll verschnörkelte Holzgeländer.

Ritchie war vorausgegangen, blieb dann vor einer Tür fast unter dem Dach stehen und läutete, und als ich ihn eingeholt hatte, ein bisschen atemlos vom Treppensteigen, öffnete sich diese Tür und ... Dino stand vor uns.

Er lächelte. „Schön, dass du mitgekommen bist", sagte er zu mir, als ich an ihm vorüberging und sein kleines Reich betrat. Es war eine winzige Wohnung, die aus nur zwei kleinen Zimmern mit schrägen Wänden bestand. Das größere von beiden war sein Wohnzimmer, doch darin war gerade mal Platz für ein Sofa und einen kleinen Tisch mit zwei passenden Sesseln. Gegenüber, entlang der Wand, stand ein Regal, auf dem es eine Stereoanlage und einen kleinen Fernseher gab, - darunter Fächer gefüllt mit Schallplatten und Cassetten.

„Setz dich doch", sagte er zu mir, als er mir Platz auf dem Sofa anbot. „Ich wollte mir gerade Kaffee machen, trinkst du einen mit?"

„Gern. Kann ich dir dabei helfen?"

Er lachte. „Nicht nötig, danke. Kaffeekochen hab ich inzwischen gelernt."

Mike und Ritchie zogen ein Bier vor, sie schienen sich wie zu Hause zu fühlen. Während Mike eine Platte heraussuchte und auflegte und sich einfach auf den Boden vor das Regal setzte, ließ sich Ritchie in einen der Sessel fallen, streckte die Beine aus und fing an, mit Sabine herumzualbern.

Die Kaffeemaschine stand in der Ecke des Regals, und ich beobachtete Dino, wie er Wasser einfüllte und den Filter vorbereitete. Er trug weite Bundfalten-Jeans aus hell- und dunkelgeflecktem Denim, dazu ein weißes, schmuckloses T-Shirt. Es war das erste Mal, dass man erkennen konnte, wie schmal er eigentlich war. Außer mit einem dunklen Lidstrich war auch er diesmal nicht geschminkt, und die langen Locken hatte er mit einem Tuch im Nacken zusammengebunden.

Nachdem er mir eine Tasse Kaffee eingeschenkt und Sabine mit einer Cola versorgt hatte, setzte er sich neben Mike auf den Boden und ließ sich von

Sabine von ihren Erlebnissen auf der Eisbahn erzählen. Obwohl ich mich bemühte, ihn nicht dauernd zu beobachten, fiel es mir schwer, den Blick von ihm zu wenden. Er schien das zu bemerken, denn immer wieder kam ein Lächeln von ihm zurück.

„Wo schläfst du eigentlich?", fragte Sabine plötzlich und schaute sich fragend um.

Er wies mit einer Kopfbewegung auf eine nur angelehnte Tür, die in den Nebenraum führte. „Dort drüben", antwortete er.

Ich ahnte, was kommen würde, sprang auf und versuchte, meine Tochter am Arm zurückzuhalten. „Sabine, nein!", rief ich, aber schon hatte sie die Tür vollends geöffnet und schaute hinein.

„Oh, Mama! Mama, komm mal her und sieh dir das an!"

„Sabine, bitte!" Ich zog sie zurück, aber sie machte sich von mir los. „Woher hast du die alle, Dino?"

„Du kannst ruhig reingehen", erlaubte er ihr, und an mich gewandt sagte er: „Laß sie doch! Es macht mir wirklich nichts aus. Und du kannst sie dir auch ansehen."

Sabine zog mich mit sich, und dann standen wir auf der Schwelle des noch viel kleineren Zimmers: Vor uns das Fenster, rechts ein Matratzenbett, das von Wand zu Wand reichte, auf der linken Seite eine uralte Kommode mit einer Marmorauflage.

Und überall, - auf der Fensterbank, auf der Kommode und auf einem Regal über dem Bett Stofftiere und Puppen, wohin man schaute. Da stand ein blauer Schlumpf neben einem honigfarbenen Teddybären, ein Häschen neben einem Schwarzwaldmädel in Originaltracht, da gab es kleine und große Püppchen, Mäuse und Katzen, Porzellanfiguren und Schlenkerpuppen mit langen schlaffen Armen und Beinen...

„Darf ich sie anfassen?" rief Sabine ins Wohnzimmer hinein.

„Du darfst dir sogar eines aussuchen. Zur Erinnerung."

„Oh Gott, sind die süß! - Mama, hast du gehört? Ich darf mir eines aussuchen."

„Aber nur ein ganz kleines, Sabine", ermahnte ich sie erneut. „Bitte, versprich mir das."

Sie strich über Plüschgesichter und Wollhaar und nickte. Ihre Augen leuchteten. Dann entschied sie sich für ein kleines Äffchen. „Darf ich?"

„Frag Dino."

Sie lief hinaus. Eigentlich hätte ich nun auch wieder hinausgehen sollen, doch ich blieb stehen und schaute mich um. Ich hörte, wie Sabine Dino fragte: „Darf ich den haben? - Oh, danke! Ich werde ihn Bernhard nennen." Ich hörte sie alle lachen, weil sie das Stofftier lustige Sachen sagen ließ und ihre Faxen mit ihm machte.

Ich stand noch immer in diesem kleinen Zimmer, mein Blick fiel auf das Bett. Es war mit einer bunten Patchwork-Decke zugedeckt, nur am Kopfende schaute der Zipfel des Kopfkissens hervor. Der Anblick berührte mich eigenartig. Plötzlich stellte ich mir vor, wie es sein könnte, mit ihm zu schlafen... Als ich aufblickte, stand er in der Tür und schaute mich an, und ich war mir ganz sicher, dass er genau wußte, woran ich gerade gedacht hatte. Er lächelte. Aber in diesem Lächeln lag weder Spott noch Triumph, es war ein sanftes und stilles Lächeln. Dann kam er zu mir herüber.

„Ich mag dich", sagte er leise, und sein Blick tastete sich über mein Gesicht, als wären es seine Hände.

„Ich mag dich auch."

„Ich mag dich, weil deine Augen so offen und ehrlich sind, weil man in ihnen lesen kann wie in einem Buch..."

„Und ich mag dich, weil... Ich weiß eigentlich gar nicht genau, warum. Wahrscheinlich, weil du so bist wie du bist."

Er lächelte, setzte sich aufs Bett, lehnte sich an die Wand und zog die Knie an. „Komm, setz dich auch", sagte er und wies neben sich. „Erzähl mir von dir."

Ich schlüpfte aus meinen Schuhen und setzte mich neben ihn. „Du weißt schon so viel über mich. Eigentlich bist du jetzt dran, mir von dir zu erzählen."

„Frag mich."

Ich schüttelte den Kopf. „Ich weiß nicht, was ich dich fragen soll. Sag du mir das, wovon du glaubst, dass ich es wissen sollte."

Er lachte. „Ich werde dir sagen, was *ich* glaube, was du von mir wissen möchtest."

„Gut."

„Im Augenblick scheint dich am meisten zu interessieren, ob ich mir mehr aus Männern oder aus Frauen mache, stimmt's?"

Ich sah ihn verblüfft an, denn diese Frage hatte mich tatsächlich beschäftigt.

„Ja, stimmt! Und worauf stehst du nun wirklich mehr?"

Er zuckte die Schultern. „Bisher bin ich mir nie ganz sicher gewesen", sagte er nun ganz ernst und nachdenklich und sah mich an, als könnte er die Antwort bei mir finden. „Im Moment glaube ich aber, dass ich mich mehr..." Er suchte meinen Blick. „...für Frauen interessiere."

„Was heißt das, du warst dir nicht sicher?" fragte ich.

„Ich konnte mich in Jungs genauso verlieben wie in Mädchen. Es kam ganz darauf an, wie sehr mir der Mensch dahinter gefiel, verstehst du? Was er mir bedeutete."

„Aber scheinbar hält man dich allgemein für schwul, sonst würde man dich doch nicht Dina nennen."

„Das hat andere Gründe. Als Kind nannte ich

mich immer selbst Bernhardina, davon ist dann Dina übriggeblieben."

„Willst du, dass ich dich auch Dina nenne?"

Er schüttelte den Kopf. „Es gefällt mir, wenn du Dino sagst. Als Dina könnte ich nicht dieselbe Rolle für dich spielen."

„Du spielst also eine Rolle für mich?"

Er sah mich an, stutzte und dachte nach. „Nein, nein, ich glaube, ich habe mich falsch ausgedrückt. Ich spiele nicht, wenn du das meinst. Ich glaube eher, unsere Begegnung könnte eine wichtige Bedeutung in unser beider Leben haben, zu der ‚Dino' besser passt, als ‚Dina'."

„Das glaubst du?"

„Ja."

Ich seufzte. „Wie alt bist du, Dino?"

„Dreiundzwanzig. Und du?"

„Um einiges älter."

„Um wieviel?"

„Um mindestens sieben Jahre."

„Na und?"

„Was 'na und'?"

„Es ist nicht wichtig. Ob jemand zwanzig oder dreißig oder vierzig ist, das ist völlig egal. Wie es drinnen aussieht, das zählt. Was jemand denkt, was er fühlt, - *wie* er fühlt."

Ich sah ihn herausfordernd an. „Was willst du mir damit sagen?"

Er lächelte. „Dass wir trotzdem gut zusammenpassen würden, trotz des

Altersunterschiedes."

Ich schüttelte den Kopf. „Ach, Dino!", sagte ich und atmete tief aus. Was sollte ich denn sonst dazu sagen? Sollte ich ärgerlich werden und ihn zurechtweisen, weil er solche Gedanken hatte? Sollte ich ihm sagen, dass ich es anmaßend fand, wenn er mir unterstellte, dass ich ihn mehr, als nur mochte? Wie hätte er mir das glauben sollen, da seine ‚Antennen' längst das Gegenteil aufgefangen hatten? „Wir leben doch in total gegensätzlichen Welten," sagte ich deshalb.

Er seufzte und nickte. „Ja, das ist wahr. Aber wir könnten eine Brücke schlagen..."

„Einfach so?"

„Einfach so!"

„Sieben Jahre sind sieben Jahre."

„Ich würde dich genauso mögen, wenn es mehr als sieben Jahre wären."

Rainer wohnte in einem Reihenhaus in einer hübschen Wohngegend, mitten im Grünen. Ein gepflasterter Weg führte durch einen kleinen Vorgarten bis zum Eingang, wo Andy auf den Stufen saß und schon auf uns wartete. Als er uns kommen sah, stand er auf und drückte sich verlegen grinsend an die Haustür, aber er freute sich sichtlich.

Sabine winkte durch das Wagenfenster und konnte mit dem Aussteigen kaum warten, bis das Auto hielt.

„Sie kommen!", rief Andy inzwischen so laut durch die geöffnete Haustür, dass man es bis auf die Straße hörte.

Ich mochte Rainers Frau Brigitte vom ersten Augenblick an, als sie mir die Hand entgegenstreckte. „Ich bin Biggie", sagte sie, „ich habe schon so viel von euch gehört, dass ich mich freue, euch nun endlich kennenzulernen."

Sie bewunderte die Blumen, die ihr Sabine überreichte und strich ihr über die Wange. Das eigenartige Zustandekommen unserer Begegnung erwähnte sie mit keiner Silbe.

Sie war eine sehr hübsche Frau, klein und zierlich, mit im Nacken zusammengebundenem langem Blondhaar. Sie trug Krempel-Jeans und eine weiße Rüschenbluse, und ich hätte sie gern gefragt, wie sie es fertigbrachte, trotz ihrer drei Kinder noch immer auszusehen wie ein junges Mädchen.

Den Kaffeetisch hatte sie im geräumigen Garten hinter dem Haus gedeckt. Die Kinder bekamen Kakao, hielten das Stillsitzen aber nicht lange aus und gingen dann schaukeln, und auch Rainer zog sich mit Ritchie nach dem Kaffeetrinken in sein Arbeitszimmer unter dem Dach zurück. So konnten wir Frauen über all das reden, was uns wichtig war und worüber Frauen gern reden, wenn sie unter sich sind. Wir mochten uns, und innerhalb kürzester Zeit hatten wir das Gefühl, als ob wir uns schon seit einer Ewigkeit kennen würden.

Im Laufe des Nachmittags erschienen auch Mike und Dino. Sie kamen kurz zu uns in den Garten, um uns zu begrüßen, - Biggie bekam von beiden einen Kuss auf die Wange, und ich mußte mir eingestehen, dass ich sie darum beneidete, solche Freunde zu haben.

Auch sie verschwanden dann im Zimmer unter dem Dach, und nur einmal, Biggie hatte gerade die zweite Kanne Kaffee aus der Küche geholt, kam Dino für ein paar Minuten herunter zu uns in den Garten. „Hallo, Jeannie", sagte er lächelnd, an den Türrahmen gelehnt.

„Hallo, Dino!"

Biggie nahm seinen Arm. „Komm, Dina, trink schnell einen Kaffee mit uns." Doch er schüttelte den Kopf. „Vielen Dank, ich muß wieder rauf. Sie werden mich schon vermissen."

„Dina ist ein Schatz," sagte sie zu mir, nachdem er wieder gegangen war. „Wenn sie ihn nicht hätten! - Warst du nicht am Mittwoch mit im Studio? Er hat fantastische Einfälle, findest du nicht auch? Natürlich ist es für die Musiker genauso wichtig, diese Einfälle auch umzusetzen, aber dazu müssen sie ja zuerst einmal da sein."

Ich nickte. „Ist er schon lange bei der Gruppe?"

„Von Anfang an. Und eigentlich ist er der einzige, der auch von Anfang an unbeirrt an den großen Erfolg geglaubt hat."

„Sie werden es ganz sicher schaffen", sagte ich zuversichtlich.

„Das hoffe ich auch." Dann wiegte sie den Kopf hin und her und fügte mit sorgenvoller Miene hinzu: „Aber natürlich bringt das nicht nur Vorteile mit sich." Sie seufzte. „Seit sie ernsthaft auf dem Weg sind, Erfolg zu haben, bin ich ziemlich viel allein. Aber weißt du, für einen Vollblut-Musiker wie Rainer wäre es eine Strafe, wenn ich versuchen würde, ihn zurückzuhalten. Er hat so lange und so hart dafür gearbeitet, deshalb freue ich mich für ihn, dass es endlich ein paar Schritte vorwärts geht. Da stehe ich gern ein bisschen zurück. Außerdem sind es nette Jungs, mit denen er seine Musik macht. Sie passen zusammen und verstehen sich gut, das ist sehr wichtig."

Dann senkte sie nachdenklich den Kopf. „Natürlich weiß ich noch nicht genau, wie ich mit dem Rummel um sie herum klarkommen soll, wenn sie eines Tages noch mehr in der Öffentlichkeit stehen werden. Die Presse fängt jetzt schon an, sich mächtig für sie zu interessieren, und manchmal wünschte ich mir, es gäbe nicht ganz so viel Wirbel bei ihren Auftritten oder bei den Interviews. Und je bekannter sie sind, desto schlimmer wird es werden."

Ich nickte. „Ich weiß, was du meinst. Sabine ist nur ein ganz kleiner Fan, und sie neigt ja schon dazu, auszuflippen, wenn sie sie sieht. Es wird nicht mehr lange dauern, dann sind es andere

Mädchen, die sich um sie scharen und für sie schwärmen."

Biggie lächelte. „Ich habe mir fest vorgenommen, nicht eifersüchtig zu sein, sondern eher das Gegenteil. Ich will stolz auf Rainer sein. Auch wenn viele weibliche Fans von ihm schwärmen sollten, dann werde ich mir sagen: Sollen sie ruhig von ihm träumen, aber mir allein gehört er!"

Ich nickte. „Schön, dass du das von ihm sagen kannst", sagte ich seufzend, dann wurde mir bewusst, dass sich das vielleicht angehört hatte, als ob auch ich eines Tages ein Fan von ihm sein könnte, der für ihn schwärmte. Ich hatte jedoch an einen ganz anderen gedacht, deshalb fügte ich schnell hinzu: „Versteh' mich nicht falsch…"

Aber sie legte mir die Hand auf den Arm. „Ich weiß schon, wen du gemeint hast."

„Du weißt das?"

Sie nickte lächelnd. „Wir alle wissen das."

Ich wunderte mich und spürte, dass ich verlegen wurde. „Ist es so offensichtlich?"

„Manchmal merkt man etwas selbst erst dann, wenn alle andere es längst wissen. Vielleicht, weil man es sich selbst nicht eingestehen möchte. - Nur schade, dass ihr morgen schon wieder heimfahren müsst."

„Vielleicht ist es gut so."

Sie hob zweifelnd die Schultern. „Sicher kommt ihr eines Tages wieder, oder?"

Ich nickte. „Irgendwann vielleicht."

„Ihr *müsst* wiederkommen. Und dann müsst ihr auch uns unbedingt wieder besuchen."

Ich saß mit Dino im Fond des Wagens, als wir zum Flughafen fuhren. Mike saß vorn und hatte Sabine auf seine Knie genommen. „Ausnahmsweise darfst du heute hier vorn bei mir sitzen", hatte er zu ihr gesagt. „Aber nur ausnahmsweise, weil das vorerst deine letzte Fahrt durch Berlin ist."

Ich schaute zum Fenster hinaus, sah die Häuserreihen an mir vorüberziehen, das eine oder andere bekannte Gebäude, das wir am letzten Dienstag besichtigt hatten. Am Dienstag, - das war vor vier Tagen gewesen. Die ganze Welt schien sich verändert zu haben in diesen vier Tagen. Erst jetzt wurde mir bewusst, dass es endgültig zu vorbei war. Vorbei, bevor es richtig angefangen hatte. Mir war, als drücke mir jemand die Kehle zu. Ich starrte aus dem Fenster und sah doch fast gar nichts mehr. Ich hatte nicht den Mut, Dino neben mir anzusehen. Währenddessen plapperte Sabine munter drauflos. Sie versprach Ritchie und Mike, sie bald wieder zu besuchen, und für die Zeit bis dahin lud sie sie zu uns nach Hause ein. Sie freute sich aufs Fliegen, auf Brünnhofen, auf die Schule und ihre Kameraden, - obgleich sie auch traurig darüber war, dass die Zeit in Berlin nun vorüber war, dass sie Ritchie und seine Freunde, und vor allem Andy, für lange Zeit nicht mehr sehen würde.

Dino tastete nach meiner Hand, und unsere Finger verschränkten sich ineinander. Ich sah ihn an, wollte ihm sagen, wie gern ich noch geblieben wäre, wie schön es hätte werden können, aber ich brachte keinen Ton heraus. „Gibst du mir deine Adresse?" fragte er mit rauer Stimme. Ich nickte und holte den Schreibblock aus meiner Tasche. Auf dem ersten Blatt stand immer noch das Wort ‚Dreadlock', das Sabine am ersten Tag mit krakeligen Buchstaben aufgeschrieben hatte. Ich schrieb meine Anschrift darunter. „Auch deine Telefonnummer, ich ruf dich an."

„Gib mir deine Adresse auch," sagte ich. „Ich weiß jetzt zwar, wo du wohnst, aber ich weiß nicht wie die Straße heißt."

Als er mir den Block zurückgab, stand seine Anschrift darauf, und schräg darunter hatte er eine Zeile aus einem seiner Songs geschrieben "...a heart somewhere, but always near to you."

Ritchie und Mike nahmen unser Gepäck, nachdem wir ausgestiegen waren. „Wir treffen uns am PanAm-Schalter," sagten sie zu mir. „Sabine muß sich noch ein Andenken von uns aussuchen. Komm, Sabinchen..."

Sie hopste selig in ihrer Mitte davon. Dino und ich folgten ihnen langsam in die Flughafenhalle. „Jeannie," sagte Dino und blieb stehen. Traurig sah er mich an, nahm mein Gesicht in seine Hände und küsste mich behutsam. „Vergiss mich nicht."

Ich schüttelte den Kopf. „Niemals", flüsterte ich. Und dann küssten wir uns noch einmal. Und dieser Kuss war das einzige, was wir uns in diesem Augenblick geben konnten. Das war so wenig, war nur ein Bruchteil von dem, was wir uns gern gegeben hätten. Wir fühlten uns so hilflos, so machtlos gegen die Flut der Gefühle, die uns jetzt, in den allerletzten Minuten unseres Zusammenseins mit solcher Heftigkeit überfiel, dass es fast schmerzte.

Die anderen warteten schon auf uns. Sabine zeigte uns stolz einen kleinen Berliner Bären mit Schärpe und Krone.

„Soll ich ihn Mike oder Ritchie nennen, Mama?" fragte sie mich. „Nenne ihn doch einfach Mike-Ritchie," schlug ich vor, und sie war begeistert von dieser Idee.

Ich bedankte mich für alles, vor allem bei Ritchie, weil er sich an jedem der vergangenen Tage die Zeit genommen hatte, uns mit seiner alten Rakete an jeden beliebigen Ort in Berlin zu fahren.

Zum Abschied küssten sie auch mich auf die Wange, und ich war stolz, dass ich nun auch ein bisschen zu ihnen zu gehörte, dass ich sie als neue Freunde gewonnen hatte.

Liebevoll verabschiedeten sie sich von Sabine. Dann ein letztes Händeschütteln, ein letztes Winken, - es war vorbei!

Als wir in der Maschine saßen, liefen mir schließlich doch ein paar Tränen über die Wangen. Sabine lehnte ihren Kopf an meine Schulter, als sie das sah. „Wegen Dino, Mama, gell?" fragte sie.

Ich nickte.

„Sei nicht traurig," tröstete sie mich, „wir besuchen ihn wieder. Ganz bestimmt."

Drei Tage im Oktober...
1971

In den darauffolgenden Wochen gewann ich Abstand genug, um klar und nüchtern über alles nachdenken zu können. Da war also jemand in mein Leben hereingeplatzt, der überhaupt nicht hineingehörte, - nicht hineinpasste. In mein schönes geregeltes graues Leben. Brave Witwe mit einigermaßen gut erzogener Tochter, Häuschen auf dem Lande, Acht-Stunden-Tag im Büro mit Aktenstaub und Schreibmaschine. Abends Küche und Haushalt und zwei Stunden Familienleben, und dann...

Einsamkeit!

Und nun gab es ihn: Eine buntschillernde Figur, die nicht genau wußte, ob sie Männer oder Frauen mochte, die geschminkt und verrückt angezogen war, sehr jung, - jedenfalls viel zu jung für mich. Frei und ungebunden und bar jeglicher Verpflichtung, sich an irgendwelche Regeln zu halten. Ich wußte von vornherein, es konnte keine gemeinsame Zukunft für uns geben.

Ich begann, unsere Begegnung als Geschenk zu betrachten, ein Geschenk, das mir eigentlich gar nicht zugestanden hätte. Ich zehrte von der Erinnerung an ihn, träumte von ihm, wie es hätte sein können, und jedes Mal, wenn er anrief oder schrieb, war ich mir sicher, dass es das letzte Mal war, dass ich von ihm hörte. Und mit der Zeit konnte ich das sogar akzeptieren.

Die Gruppe *Transparent* kletterte inzwischen auf der Erfolgsleiter steil nach oben. Fasziniert verfolgte ich ihren Werdegang, sah die Videos in den Pop-Sendungen im Fernsehen, hörte ihre Songs auf den ersten Plätzen der Hitparaden im Radio, las seitenlange Berichte und Interviews in den Musikzeitschriften, erfuhr von ihren Tourneen durch ganz Europa, und später sogar nach Japan.

Dino rief hin und wieder an. Einmal übermütig und glücklich nach einem erfolgreichen Konzert in London, ein anderes Mal müde und abgespannt aus einem Hotelzimmer in Moskau, nach einem Empfang in Stockholm, oder während eines Soundchecks in Paris. Er meldete sich, wenn er nicht einschlafen konnte, wenn es ihm schlecht ging, weil er erkältet war, oder einfach, wenn es etwas zu erzählen gab, was er loswerden mußte.

Ich war glücklich, dass er in solchen Augenblicken an mich dachte, wenn auch zwischen diesen Anrufen oder Briefen Wochen, ja manchmal sogar Monate liegen konnten. In diesen Wochen hatte ich mich tausendmal damit abgefunden, dass es nun endgültig aus und vorbei war.

Im August des folgenden Jahres kam eine neue Single heraus. Der Titel hieß ‚Jeannie'. Die Jungs hatten sie uns zugeschickt, und alle vier hatten einen persönlichen Gruß auf das Cover geschrieben. Und quer darüber mit rotem Filzstift stand: ‚Love forever! Dino'. Ich hätte am liebsten geheult, als ich mit Sabine vor dem Plattenspieler saß und wir sie uns anhörten.

Danach dauerte es etwas mehr als acht Wochen, bis sich Dino wieder einmal meldete. Es war an einem Freitagabend. „Hallo Jeannie."

Mein Herz setzte einen Schlag lang aus. „Dino! Wie schön, dich zu hören. Wie geht es dir? Was machst du gerade?"

„Ich sitze mutterseelenallein in einem Hotelzimmer und langweile mich. Und ich stell mir vor, wie schön es sein könnte, wenn du hier wärst..."

„Wieso bist du allein? Wo sind denn die Jungs?"

„Sie sind zu Hause, in Berlin."

„Und du?" Ich wunderte mich. „Bist du denn nicht in Berlin?"

„Nein, ich bin im Park-Hotel."

„In welchem Park-Hotel denn?" fragte ich verständnislos.

„In der Rüdesheimer Straße."

„*Wo* bist du?"

„Im Park-Hotel in der Rüdesheimer Straße. In Regensburg."

Ich begriff nicht gleich, was er da gesagt hatte. „In Regensburg?" wiederholte ich, und erst in diesem Augenblick wurde mir bewusst, was das bedeutete. „Oh, mein Gott, in Regensburg?"

Er lachte leise. „Ganz recht, in Regensburg."

Ich brachte kaum mehr ein Wort heraus. „Oh mein Gott, Dino!", wiederholte ich.

„Glaubst du, dass du kommen kannst?"

„Aber ja!", sagte ich, ohne zu überlegen.

„Wann...?"

Meine Hand fing an zu zittern. „Gleich. Ich fahre sofort los."

„Wie lange brauchst du bis hierher?"

Erst jetzt fing ich an, nachzudenken. „Zuerst muß ich Sabine zu meiner Mutter bringen. Und ich weiß auch nicht, wieviel auf den Straßen los ist, aber ich denke, in etwa einer Stunde..."

„Jeannie! Ich freu mich so auf dich!"

„Ich freu mich auch, Dino."

Als ich den Hörer aufgelegt hatte, mußte ich mich einen Augenblick lang setzen. Dino war in Regensburg, ich würde ihn wiedersehen. Mir war ganz schwindelig zumute.

Sabine spielte in ihrem Zimmer, ich beschloss, ihr zunächst noch nichts von Dino zu sagen. Sie streckte den Kopf heraus, als ich nach ihr rief.

„Würdest du heute Nacht gern bei der Oma schlafen?" fragte ich sie.

Sie war mißtrauisch, obwohl sie normalerweise gern bei meiner Mutter übernachtete. „Wieso denn? Wer hat denn angerufen?"

„Jemand vom Büro. Ich muß noch mal weg, und

ich weiß nicht, wann ich zurück sein kann."

Sie überlegte. Dann schien ihr einzufallen, dass sie bei der Oma für gewöhnlich sehr lange aufbleiben und fernsehen durfte. „Also gut. Dann holst du mich morgen früh wieder ab?"

„Vielleicht auch erst am Sonntag. Wäre das schlimm?"

„Wieso? Wer vom Büro hat dich denn angerufen. Was wollen sie von dir?"

„Der Andreas hat etwas zu feiern, ein Jubiläum, glaube ich. Und sie wollen, dass ich dabei bin."

„Und das geht bis zum Sonntag?" Sie war noch immer misstrauisch.

„Nein, wahrscheinlich nicht. Aber heute wollen sie erst mal zusammensitzen und die eigentliche Feier, die morgen stattfindet, besprechen. Und nach der Feier, also am Sonntag werde ich wohl erst mal ausschlafen müssen, ich bin so ein Tam-Tam nicht mehr gewohnt."

„Dann kannst du mich doch am Sonntagvormittag holen, wenn du wieder wach bist", schlug sie vor.

„Ja, schon, vielleicht. Aber... Ich weiß nicht, ob sie dann noch was anderes vorhaben, sie haben so eine Andeutung gemacht... Allerspätestens hole ich dich am Sonntagnachmittag. Ist das in Ordnung?"

Zwar zog sie ein Gesicht, doch sie sagte: „Ja, von mir aus."

Normalerweise log ich meine Tochter nie an, doch diesmal... Sie wäre aus dem Häuschen gewesen, hätte sie gewußt, dass Dino in Regensburg war, und Schlaf hätte sie in dieser Nacht gewiss keinen mehr gefunden, das konnte ich nicht riskieren. Und ehrlicherweise mußte ich mir eingestehen, dass ich nicht bereit gewesen wäre, Dino mit ihr zu teilen.

Nachdem ich mit meiner Mutter telefoniert und ihr Sabines Kommen angekündigt hatte, richtete ich das Notwendigste für sie zusammen: Schlafanzug, Wäsche, Toilettensachen... Bereits eine knappe halbe Stunde später lieferte ich sie in meinem Elternhaus ab. Sie gab mir noch schnell einen Kuss. „Wer hat denn eigentlich angerufen?" fragte sie noch einmal. „Frau Weber? Oder der Andreas selber?"

„Du darfst raten", antwortete ich, „und wenn du bis zum Sonntag herausgefunden hast, wer es war, hast du einen Wunsch frei. Einen ganz kleinen nur, aber immerhin!"

„Auja!" Sie lachte.

Auf der Fahrt nach Regensburg zitterte ich noch immer, - innerlich wie auch äußerlich. Einerseits war ich sehr glücklich, andererseits hatte ich aber auch Angst vor dieser Begegnung. Wir hatten uns bisher an nur fünf Tagen gesehen, und außer einem leidenschaftlichen Kuss zum Abschied war nichts zwischen uns gewesen. Durch die

Telefonate in den vergangenen Wochen und Monaten fühlte ich mich ihm aber sehr nah, ich hatte mich total in diese Liebe hineingesteigert. Doch konnten wir tatsächlich dort weitermachen, wo wir vor mehr als einem Jahr auf dem Flugplatz in Berlin aufgehört hatten? Berlin und Dino waren seither für mich wie ein Traum gewesen, wie ein Blick in eine andere Welt. Was würde geschehen, wenn mir nun ein Teil dieses Traumes mitten im Alltag, in meinem wirklichen Leben begegnete?

Nach fünfzig Minuten parkte ich den Wagen vor dem Park-Hotel in Regensburg. Mit Herzklopfen fragte ich an der Rezeption nach Dino.

„Werden Sie erwartet?" fragte der Portier reserviert.

„Ja."

„Wen darf ich bitte melden?"

Ich nannte ihm meinen Namen.

„Einen Augenblick bitte, gnädige Frau."

Er griff zum Telefon, rief Dino an und sagte ihm, dass ich da sei. „Selbstverständlich," hörte ich ihn in die Sprechmuschel sagen, während er sich ein wenig verbeugte, als stünde sein Gast unmittelbar vor ihm. Dann wandte er sich lächelnd an mich. „Zimmer 432, gnädige Frau, das ist im vierten Stock." Und mit einer einladenden Handbewegung auf den Fahrstuhl weisend, fügte er hinzu: „Bitte, benutzen Sie doch unseren Aufzug."

Dino erwartete mich an der offenen Tür. Eine Sekunde lang standen wir uns stumm gegenüber und schauten uns nur an.

„Jeannie…", sagte er leise.

Ich brachte kein Wort über die Lippen. Ich hatte unzählige Fotos von ihm gesehen während des letzten Jahres, hatte sie mir immer und immer wieder angeschaut und darin nach dem gesucht, was mir an ihm vertraut war und was ich so sehr liebte. Aber es waren immer nur Bilder geblieben. Nun, da er vor mir stand, wußte ich, warum ihm keines davon gerecht geworden war. Unendlich viele Kleinigkeiten erkannte ich wieder: Sein Lächeln, die Bewegungen seiner Hände, die hübschen, leicht geschminkten Augen…

„Komm rein," sagte er.

Ich lief bis zur Mitte des Zimmers und schaute mich um. Es war hübsch eingerichtet. Ein großes Fenster und helle moderne Möbel ließen es geräumig und freundlich aussehen. „Ein schönes Zimmer", sagte ich und versuchte zu überspielen, wie mir wirklich zumute war. „Aber sag, bist du wirklich ganz allein hier?"

Er war vor mir stehengeblieben und nickte, ohne den Blick von mir zu wenden.

Wie hübsch er ist, dachte ich wieder. Sein Haar kringelte sich ein wenig auf der Stirn, - der Anblick reizte mich, die Hand auszustrecken und ihn zu berühren. „Warum hast du nicht schon früher angerufen?", fragte ich und fuhr ihm über seine

Wange. „Wenn ich nun nicht zu Hause gewesen wäre?"

Er zuckte die Schultern. „Ich weiß nicht, daran hab ich überhaupt nicht gedacht."

Er nahm meine Hand von seiner Wange, hielt sie an seine Lippen und küsste sie. „Ich liebe dich, Jeannie."

„Ich liebe dich auch, Dino", antwortete ich leise.

Als wir uns küssten, dachte ich daran, wie schön es wäre, sollte es *doch* eine Zukunft für uns geben. Irgendwann. - Aber nein, ich durfte mir nichts vormachen. Für ein paar Stunden vielleicht. Und in diesen Stunden wollte ich ihm alles geben, - gleichgültig, was man über mich denken würde.

„Glaubst du, dass du heute Nacht... bei mir bleiben könntest?", fragte er vorsichtig. Ich lehnte meine Stirn gegen seine Brust und schüttelte den Kopf. „Nein, ich..."

Einen Augenblick lang blieb er unbeweglich, schien kaum zu atmen. Dann sanken seine Hände von meinen Schultern herab, und schweigend wandte er sich um und lief zum Fenster.

Ich folgte ihm. „Dino!" Behutsam berührte ich seinen Arm, aber er gab mir keine Antwort. „Dino, pack deine Siebensachen zusammen. Dort unten steht mein Auto. In weniger als einer Stunde sind wir zu Hause..." Er fuhr herum und lächelte, und unendliche Erleichterung lag in seinem Blick. „Verzeih mir."

„Was sollte ich dir verzeihen?"

„Dass ich gezweifelt habe. Eine Sekunde lang dachte ich..."

„Das darfst du nie wieder denken."

Dann fing er an, die paar Kleinigkeiten, die er mitgebracht hatte, in seine Tasche zu packen.

*

Neugierig sah er sich in unserer Wohnung um, dann lächelte er.

„Was denkst du?" fragte ich, aber er gab mir keine Antwort.

„Du hältst es für spießig, stimmt's?

„Nein, überhaupt nicht. So ähnlich sieht es auch bei uns zu Hause aus."

„Spricht das nun für oder gegen mich?"

Er lachte. „Für dich natürlich. Ich liebe meine Familie und hänge sehr an ihr. Obwohl sie stinknormal ist. - Vielleicht gerade deshalb."

Er nahm einen kleinen bunten Tonfisch aus dem Regal, den mir Sabine einmal zum Muttertag geschenkt hatte und betrachtete ihn.

„Was ist denn ,normal' in deinen Augen? Eben doch irgendwie spießig, oder nicht?"

Er stellte den Fisch an seinen Platz zurück. „Nein, eher... lieb, behaglich, Geborgenheit ausstrahlend, verstehst du?"

„Warum lebst du dann nicht zu Hause?"

„Weil sie mich auf Dauer erdrücken würde, diese Behaglichkeit und Geborgenheit. Ich liebe sie als Zuflucht, als Insel, als Ort, an dem ich abschalten und mich vergessen und fallenlassen kann. Wo ich wieder klein und unbedeutend sein darf. - Aber eben nur für eine kurze Weile."

Ich dachte, dass er zu mir gekommen war, weil er mich vielleicht genauso sah: Eine kleine Insel in einer anderen Welt, wo er vergessen konnte, dass er jetzt ein Star war, von dem die Welt immer wieder Neues und Fantastisches erwartete.

Er schien meine Gedanken erraten zu haben. „Ich liebe dich," sagte er und fuhr mir mit dem Fingerrücken zärtlich über die Wange. „Frag nicht, warum und wie lange. Denk nicht an die Zukunft. Heute bin ich doch hier bei dir. Heute!"

Ich wußte nicht recht, wie ich mich verhalten sollte. Sollte ich ihn an die Hand nehmen und in mein Schlafzimmer führen, das so ganz anders war, als sein kleines Zimmerchen unter dem Dach in Berlin? Würde ich es schaffen, mich ganz natürlich zu geben, ich, die es nicht mehr gewohnt war, einem Mann so nahe zu sein?

Aber auch diesmal schien er meine Gedanken zu erraten. „Du mußt keine Angst haben", sagte er leise und fing an, meine Bluse aufzuknöpfen.

„Ich habe keine Angst."

„Doch, du hast Angst." Er hatte alle Knöpfe geöffnet, schob die Bluse über meine Schultern zurück und ließ sie auf den Boden fallen. Es war ein seltsames Gefühl, nur im BH vor ihm zu stehen.

„Wovor sollte ich denn Angst haben?"

„Vor dir selbst, Jeannie."

Ich wußte, was er meinte, und ich wußte auch, dass er recht hatte.

Er zog sein T-Shirt über den Kopf und ließ es neben die Bluse auf den Boden fallen. Er war so schmal, er schien so zerbrechlich, - und doch strahlte er so viel Stärke aus. So viel Liebe. Ich versuchte mutig zu sein und öffnete den Verschluss des BHs. Meine Hände zitterten dabei. Er spürte das und lächelte. Es war kein Lächeln, das mir sagen wollte: ‚Na also, du hast es ja doch geschafft', oder ‚Jetzt habe ich dich soweit gebracht'... Nein, es war ein liebevolles, zärtliches Lächeln, das mir zeigte, dass wir ein Wunder erleben konnten, wenn wir nur wollten, dass ein Traum in Erfüllung gehen würde, wenn wir nur bereit dazu waren. Und dann nahm ich ihn tatsächlich an die Hand und führte ihn zu dem Platz, an dem ich schon tausende Male an ihn gedacht, von ihm geträumt und mir schon so unsagbar oft gewünscht hatte, er möge bei mir sein. Er nahm mich in die Arme, ganz fest, und ich spürte seine Haut an meiner Haut...

Ich vergaß alle Zweifel, und es gab nur noch ihn.

Als ich aufwachte, lag er neben mir, den Kopf auf den Arm gestürzt und betrachtete mich liebevoll. Das machte mich ein bisschen verlegen. Ich war älter als er, hatte schon einiges erlebt in den vergangenen Jahren, und ich wußte, das war ganz sicher nicht spurlos an mir vorübergegangen. Er dagegen sah so jung und so unschuldig aus, - und diese wunderschönen Augen! Einige der langen gelockten Strähnen hingen ihm beidseitig über die Brust. Er steckte die Hand nach mir aus und fuhr mir zärtlich über die Wange, den Hals hinunter, über die Schulter, bis zu meinen Brüsten...

Er lächelte. „Du siehst, es ist immer möglich, eine Bücke zu schlagen, wenn sich zwei Seelen gefunden haben, die zusammengehören."

Ich wußte, dass er an den Tag dachte, an dem wir in seinem kleinen Kämmerchen über uns geredet hatten. Aber das war lange her, und in der Zwischenzeit war in seinem Leben so viel geschehen, hatte sich so vieles verändert. Und trotzdem war er da.

„Bist du sicher, dass wir zusammengehören?", fragte ich, schon wieder zweifelnd. „Zusammengehören heißt doch, zusammen*sein*. Aber das wird es für uns niemals geben, weil sich dein Leben ganz woanders abspielt, und weil es ein ganz anderes ist, als meines."

„Entfernungen spielen überhaupt keine Rolle. Es kommt darauf an, was wir füreinander fühlen." Er küsste mich. „Im Hier und Jetzt sind wir zusammen, und du hast es doch auch gespürt, was mit uns passiert, wenn wir zusammen sind, Jeannie? Ich weiß, dass du es auch gespürt hast." Er küsste mich noch einmal. „Egal, wie lange wir uns nicht gesehen haben und wo wir uns sonst aufhalten, ...a heart somewhere, but always near to you."

Hatte er recht, wenn er unsere Beziehung so sah? Beziehung? - War es überhaupt eine Beziehung?

Ich schloss einen Moment lang die Augen. Ja, jetzt war er hier, und jetzt wollte ich das Zusammensein mit ihm genießen, bis in die kleinste Faser meines Seins.

„Wo ist eigentlich die kleine Sabine?" fragte er, als ich in der Küche stand und den Kaffee aufbrühte. Er stand hinter mir, hatte die Arme um mich gelegt und küsste meinen Nacken.

„Ich habe sie gestern Abend zu meinen Eltern gebracht. Irgendwann sollte ich sie wieder abholen", sagte ich, „sie wird schon ganz ungeduldig darauf warten. Ich habe ihr nämlich eine Überraschung versprochen, wenn sie errät, wer mich angerufen hat. Doch dass du's warst, darauf wird sie niemals kommen."

„Meine kleine Freundin Sabine." Er lächelte gedankenverloren. „Ihr haben wir es zu verdanken, dass wir uns begegnet sind."

„Das Beste wird sein, wenn ich sie erst morgen abhole..."

Mir fiel ein, dass ich vergessen hatte, ihn zu fragen, wann er wieder fort mußte. - Hatte ich es tatsächlich vergessen? Oder hatte ich es einfach nicht wissen wollen? Und nun hatte ich noch immer nicht den Mut dazu, ihn direkt zu fragen.

„Morgen? Ja, das ist gut", meinte er, „dann kann ich ihr noch kurz Hallo sagen. Und sie kann mitfahren, wenn du mich wieder nach Regensburg bringst."

„Morgen also…?" Mir wurde das Herz schwer, wenn ich daran dachte, obwohl uns bis dahin noch ein bisschen Zeit blieb.

„Am späten Nachmittag wird mich jemand aus dem Team vom Park-Hotel in Regensburg abholen", sagte er. Und als er mein trauriges Gesicht sah, küsste er mich wieder und fügte zärtlich hinzu: „Jeanie, jetzt bin ich doch noch da, oder nicht?"

Ich nickte. Ja, jetzt war er da. Ich hätte ihm noch so viel sagen wollen, doch ich schluckte nur und schwieg.

Im Laufe des Samstags rief ich meine Mutter an und bat sie, Sabine klarzumachen, dass ich sie erst Sonntag früh abholen würde. Ich kam mir vor wie eine Verräterin, aber ich wollte die letzte Nacht mit Dino mit niemandem teilen, auch nicht mit meinem Töchterchen.

„Oh Gott, was soll ich ihr denn sagen? Sie kann es doch kaum erwarten, weil du ihr eine Überraschung versprochen hast."

„Sag ihr, dass ich vorher noch einmal kurz wegfahren muß."

„Und was ist der wirkliche Grund?"

„Darüber kann ich jetzt nicht reden, Mama. Ich erzähle dir alles später. In Ordnung?"

Sie schwieg eine Weile. „Na gut", sagte sie dann, „du wirst deine Gründe haben."

An diesem Samstag fuhr ich mit Dino aus Brünnhofen hinaus, die Natur um die Ortschaft herum war wunderschön. Ich vermied es, die besonders belebten und überlaufenen Plätze aufzusuchen, sondern führte ihn auf einen einsamen Wanderweg, den ich selbst immer gern entlangging, wenn ich meine Gedanken sammeln und nachdenken mußte, oder wenn es Dinge gab, die entschieden - oder auch vergessen - werden sollten. Der Himmel war blau, und kleine Wölkchen zogen über ihn dahin. Es war so still um uns herum, nur die Vögel zwitscherten, und hin und wieder war das Summen einer Biene oder eines anderen kleinen Fliegers zu hören.

Ich blieb stehen und schaute Dino an. „Könntest du dir vorstellen, wir wären jetzt auf einem anderen Stern? Auf dem es nur uns beide gäbe, sonst niemanden?"

„Ja, das könnte ich mir gut vorstellen", antwortete er.

„Auch wenn dort niemand wäre, der dir Beifall klatscht, dich fotografiert, der Aufnahmen von dir macht, um sie im Fernsehen tausenden von begeisterten Fans zu zeigen…?"

„Ja, auch das könnte ich mir vorstellen. Aber nur

für eine kurze Weile, denn ich liebe meine Musik, und was wäre sie, wenn mir niemand mehr zuhören oder zusehen würde?"

Ich seufzte. „Ja, du hast recht, das ist dein Leben." Und in Gedanken fügte ich hinzu: Das ist das, was uns trennt, was immer zwischen uns stehen wird. Immer! - Aber nein, nicht in der kommenden Nacht. Er war bei mir, auch wenn mir bewußt war, dass die Erinnerung daran für die nächsten Wochen und Monate, - vielleicht sogar für länger, - reichen mußte.

Am Sonntagvormittag holte ich Sabine ab. Im ersten Augenblick wußte sie nicht, ob sie mir noch böse sein sollte, weil ich mich so lange nicht gemeldet hatte, oder ob sie sich freuen sollte, weil ihr nun die Überraschung präsentiert werden würde. Sie fiel mir um den Hals. „Ich weiß immer noch nicht, wer angerufen hat, Mama, aber ich krieg doch die Überraschung trotzdem, oder? Weil ich so lange gewartet habe?"

Ich lachte. „Wir werden sehen." Ich nahm die Tasche mit ihren Sachen in Empfang und zwinkerte meiner Mutter zu. „Wir telefonieren."

Sabine hüpfte unterdessen gut gelaunt die Treppe hinunter, öffnete die Haustüre und stürmte auf mein Auto zu. - Und dann sah sie ihn.

Wie erstarrt blieb sie stehen, - dann kam Leben in sie und sie lachte. „Bernhard! Dino!", rief sie und vor lauter Aufregung brachte sie die Autotüre nicht auf. Inzwischen hatte er sie aber schon von innen geöffnet und kam heraus, und Sabine fiel ihm mit einem Aufschrei in die Arme.

Etwas abseits stand meine Mutter und beobachtete die Szene, ohne dass sie sich erklären konnte, was sie bedeutete. Obwohl ihr Sabine ganz sicher von ihm erzählt hatte, damals, als wir aus Berlin zurückgekommen waren, verstand sie doch jetzt die Zusammenhänge nicht. Und obwohl sie sich seit langem wünschte, dass ich wieder einen netten Mann finden und Sabine endlich einen guten Vater bekommen würde, war Dino ganz sicher nicht der Typ, wie sie sich jemanden vorstellte, der zu uns passte: Ein junger Kerl in weiten Hosen und übergroßem T-Shirt, mit langen Locken und angemalten Augen. Ihr Erschrecken dauerte allerdings nur einen kurzen Augenblick lang, weil sie inzwischen wohl davon ausging, dass der junge Mann, der da in meinem Auto gesessen hatte, doch eine völlig andere Rolle für uns spielen mußte, als die, die sie in der ersten Sekunde befürchtet hatte.

„Oh, du hast Besuch?", sagte sie zu mir, ging auf ihn zu und streckte ihm die Hand entgegen, während Sabine ihr begeistert erklärte, wer er war.

„Das ist Dino aus Berlin, Oma. Das ist der, der so wunderschön singt, auch auf der Schallplatte, von der ich dir erzählt habe. Der Freund von Ritchie und den anderen. - Und von Mama."

Ich bin sicher, dass die Oma nichts von dem verstand, was sie ihr sagen wollte, ich sah nur, dass sie sich darüber zu wundern schien, dass er der Grund dafür gewesen sein sollte, weshalb ich das Kind so lange bei ihr zurückgelassen hatte.

Sabine war natürlich enttäuscht, dass ich Dino schon wieder nach Regensburg fahren mußte. Ihr wäre es lieber gewesen, er wäre gerade erst angekommen. „Warum hast du mich denn nicht viel früher von der Oma geholt, Mama?", maulte sie. Dino und ich warfen einander einen schnellen Blick zu, dann versuchten wir, ihr eine Erklärung zu geben. „Wir haben so viel zu bereden gehabt, für dich wäre das sicher schrecklich langweilig gewesen", sagte ich, während Dino sie in den Arm nahm und ihr versprach: „Wenn ihr in den nächsten Sommerferien wieder nach Berlin kommt, dann werden wir ganz viel zusammen unternehmen."

„Und mit Ritchie?"

„Klar, auch mit Ritchie."

„Aber wenn ihr dann gerade wieder auf Tournee seid, was dann?", jammerte sie.

„Ich werde alles dafür tun, dass es klappt. Das verspreche ich."

Dann kam der Abschied, und wir küssten uns noch einmal. Es fiel uns schwer, einander loszulassen. Wir versteckten uns auch nicht vor Sabine. Sie war ein kluges Mädchen und inzwischen alt genug, um zu begreifen, was wir füreinander empfanden, - aber auch, dass für uns vieles anders und auch viel schwieriger war, als für andere Paare, die sie kannte. Auf der Fahrt nach Hause war dann wieder sie es, die mich tröstete.

„Wenn wir in den Sommerferien nach Berlin fahren und sie gerade eine Tournee-Pause machen und keine Auftritte haben, dann seht ihr euch doch wieder, Mama."

Ich nickte, lächelte und hielt die Tränen zurück.

Ein Tag im Februar
1972

Mitte Dezember rief mich Biggie an.

„Zuerst mal ein dickes Hallo von Andy für Sabine", meinte sie lachend, „damit ich's nicht vergesse."

Ich lachte auch. „Danke, das werd' ich ihr ausrichten. Sie wird sich riesig freuen, zumal wir für den kommenden Sommer unseren nächsten Berlin-Besuch bereits eingeplant haben."

Brigitte schwieg einen kurzen Augenblick.

„Petra...", begann sie dann. Ihre Stimme klang plötzlich so ernst, dass mir ein Schrecken in den Magen fuhr. Was hatte sie mir mitzuteilen? Dass aus dem Treffen in den Sommerferien nichts werden würde, weil die *Transparent*-Musiker zu der Zeit unterwegs sein würden, da es Termine gab, die eingehalten werden mussten und die sie nicht absagen konnten? Oder dass Dino inzwischen jemanden gefunden hatte, der ihm wichtiger war und besser zu ihm passte, als die spießige, fast eine ganze Dekade ältere Frau aus Brünnhofen? - Aber war ich nicht schon immer auf eine solche Nachricht vorbereitet gewesen? Ich hatte doch wohl nicht ernsthaft geglaubt, durch seinen letzten unverhofften Besuch bei mir hätte sich irgendetwas geändert?

„Petra, es ist wegen Dina", sagte Biggie.

„Ja?" Mein Herz klopfte heftig. Hatte ich mit meinen Ängsten und Befürchtungen recht? Wollte er vielleicht sogar die Band verlassen, weil es inzwischen jemanden gab, der ihm noch wichtiger war, als seine Musik?

„Es geht ihm zurzeit nicht besonders gut", sagte sie. „Die Jungs haben deshalb beschlossen, ein paar der nächsten Auftritte abzusagen."

Ich war erschrocken. „Was ist mit ihm?", fragte ich „er ist doch nicht krank, oder?"

Gleichzeitig versuchte ich das, was sie sagte mit dem, was mir kurz zuvor durch den Kopf gegangen war, zusammenzubringen.

„In den letzten Monaten war es einfach ein bisschen zuviel für ihn. Der Arzt hat ihm eine Pause verordnet, und Rainer und die Jungs waren sich darüber einig, dass auch ihnen eine Pause mal ganz guttäte nach dem Stress und der Hektik in den vergangenen Wochen und Monaten."

Ich machte mir Sorgen. „Aber es ist doch nichts Ernstes mit Dino, oder?"

„Nein, nein, wahrscheinlich nicht."

„Wahrscheinlich? Was heißt das?", fragte ich. Ich hatte plötzlich Angst um ihn. War er nicht eh' schon viel zu schmal? Was wäre, wenn er jetzt noch ernsthaft krank werden würde?

„Im Augenblick stehen noch ein paar kleinere Auftritte auf dem Programm, wie zum Beispiel im

Dreadlock, aber das wird er schaffen. Über Weihnachten fährt er dann nach Hause zu seiner Familie. Erst wollte er nicht, aber wir haben ihn dazu überredet."

Sollte ich Biggie sagen, dass auch ich mich zurzeit nicht besonders gut fühlte? Nein, ich beschloß, zu schweigen. Für sie war Dino im Augenblick viel wichtiger, als ich. „Das ist gut, wenn er nach Hause zu seiner Familie fährt", sagte ich stattdessen. „Er mag sie sehr, und auch sie haben ihn gern. Es wird ihm guttun, wenn er bei ihnen ein bisschen zur Ruhe kommen kann."

„Ja, der Meinung sind wir auch. Im Januar sollte er nämlich unbedingt wieder fit sein, er wird doch bei der Band gebraucht. Ohne seine Stimme wäre *Transparent* nicht mehr dasselbe, verstehst du?"

Ich nickte und schluckte. War es vielleicht doch schlimmer mit ihm, als sie mir jetzt sagen wollte, wenn sie sogar Auftritte absagen mussten?

„Petra? Bist du noch da?"

„Ja, natürlich…"

„Ich wollte nur, dass du bescheid weißt. Wenn er dich anruft, verrate ihm nicht, dass ich mit dir darüber gesprochen habe. Er wird dir wahrscheinlich nicht die ganze Wahrheit sagen, sondern dir tausend andere Gründe nennen, warum die Band eine Pause einlegen muß. Er will es einfach nicht wahrhaben, dass er diesen Stress nicht länger durchhalten könnte. Und keinesfalls würde er wollen, dass du dir Sorgen machst."

„Danke, dass du mich informiert hast, Biggie. Und bitte, halte mich auch weiterhin auf dem Laufenden. Ich wünsche mir nichts sehnlicher, als dass er im Januar wieder vollkommen fit ist, auf der Bühne steht und seine Fans begeistern kann."

„Ja, das hoffen wir alle."

Ich behielt den Hörer noch eine Weile in der Hand, nachdem Biggie schon aufgelegt hatte. Wir hatten uns noch eine schöne Vorweihnachtszeit gewünscht, hatten uns kurz erzählt, was wir über die Feiertage vorhatten, und sie hatte versprochen, sich im Neuen Jahr wieder bei mir zu melden.

Nachdem ich den Hörer aufgelegt hatte, ging ich ins Badezimmer und betrachtete mich im Spiegel. Ich war ungewöhnlich blass. Das Gespräch mit Biggie hatte mich beunruhigt, und doch war ich froh, dass sie mir gegenüber so offen gewesen war. Hätte ich ihr gegenüber auch offen sein sollen? Ich seufzte tief und fuhr mir nachdenklich mit dem Handrücken über die Stirn. Nein, ich hatte richtig reagiert, sagte ich mir. Um mit ihr über mich zu reden war später noch Zeit.

Das Weihnachtsfest verlief bei uns wie in jedem Jahr: Obwohl wir keine regelmäßigen Kirchgänger waren, besuchten wir am Heiligen Abend den Gottesdienst in unserer kleinen Dorfkirche. Danach war Bescherung bei mir zu Hause, weil nur ich einen Christbaum aufgestellt hatte, -

dadurch hatten meine Eltern keine zusätzliche Arbeit. Als Ausgleich dafür waren sie es dann, die am ersten Weihnachtsfeiertag das übliche Festtagsessen ausrichteten. Was allerdings bedeutete, dass eigentlich *ich* es war, die in Mamas Küche agierte, während sie versuchte, mir so gut wie möglich zur Hand zu gehen. Den zweiten Weihnachtsfeiertag verbrachten wir dann wieder bei mir zuhause.

Gegen Abend, wir schauten uns gerade eine Weihnachtssendung im Fernsehen an, als Dino anrief. Ich hatte schon den ganzen Tag über darauf gewartet, hatte allerdings auch mit der Möglichkeit gerechnet, dass er im Kreise seiner Familie völlig vergessen haben könnte, sich bei mir zu melden. Deshalb freute es mich besonders, dass er an mich gedacht hatte.

„Rate mal, wo ich jetzt bin. Was glaubst du, von wo aus ich anrufe, Jeannie?", fragte er mich. Er klang ganz vergnügt und gutgelaunt, und ich war froh darüber, weil ich mir nach Biggies Anruf große Sorgen um ihn gemacht hatte. Die dunkle Wolke, die seit ihrem Anruf über mir schwebte, verschwand aber trotzdem nicht ganz. Natürlich ließ ich mir nichts anmerken, denn ich durfte ihm ja nicht verraten, dass ich schon über alles informiert war.

„Keine Ahnung", versuchte ich, ihm ebenso gutgelaunt zu antworten. „Bist du bei Rainer und Biggie zu Hause? Oder bist du verreist?

Irgendwohin in den Süden, wo das Wetter besser ist, als bei uns?"

Er lachte. „Das Wetter ist hier, wo ich bin, auch nicht viel besser als überall, aber das ist egal. Jeannie, erinnerst du dich, was ich dir einmal über meine Insel erzählt habe? Wohin ich mich zurückziehen kann, und wo ich wieder klein und unbedeutend sein darf?"

„Natürlich erinnere ich mich…"

„Stell dir vor, ich bin zu Hause bei meiner Familie. Ich war ewig lange nicht mehr hier, und ich genieße es, sie alle um mich zu haben und von ihnen verwöhnt zu werden."

„Oh, das ist schön, das freut mich für dich. Du hast es dir verdient."

Ich erinnerte mich daran, dass er auch mich einmal als eine solche kleine Insel gesehen hatte, und fast war ich ein bisschen eifersüchtig, dass er seine Familie mir vorgezogen hatte. Doch natürlich verstand ich das. Und im Augenblick war seine Entscheidung vielleicht sogar das Beste für uns. Vor allem für mich, weil auch ich mich gerade nicht besonders gut fühlte.

„Ich habe gelesen, dass einige eurer Auftritte ausgefallen sind, damit ihr endlich mal ein bisschen zur Ruhe kommen konntet. Es war ja auch wirklich grandios, was in der letzten Zeit mit euch passiert ist."

„Ja, das ist wahr. Manchmal kann ich es noch gar nicht recht glauben…"

„Wann soll es denn wieder weitergehen?"

„Geplant ist Mitte Januar, ich hoffe, dass wir bis dahin alle wieder fit sind."

Ich mußte lächeln, weil er versuchte, den Eindruck zu erwecken, als sei nicht nur er es gewesen, der diese Pause gebraucht hatte.

„Ich drück euch die Daumen", sagte ich, „ich werde jeden Tag an euch denken."

„Oh Jeannie." Er seufzte tief. „Ich wünschte, du könntest im Januar kommen und dabei sein, und wenn es nur für ein paar Tage wäre."

Und während ich noch überlegte, wie ich ihm klarmachen sollte, dass das unmöglich war, meinte er: „Mikes Freundin wird auch kommen, bei Ritchie steht noch nicht genau fest, ob er jemanden mitbringen kann." Er seufzte erneut. „Für Biggie wird es allerdings unmöglich sein wegen der Kinder…"

„Sie wird trotzdem jeden Tag in Gedanken bei euch sein. So, wie ich auch, Dino."

„Bist du ganz sicher, dass du nicht kommen kannst?", wiederholte er leise.

„Ich kann doch Sabine nicht allein lassen."

Das war zwar ein wichtiges Argument, in Wahrheit aber gab es noch andere Gründe: Was würden meine Eltern denken, wenn ich das Kind schon wieder für einen Mann alleinließ? Noch dazu für einen, der ihrer Meinung nach überhaupt nicht zu mir passte. Hatte sich meine Mutter nicht schon verwundert über ihn geäußert, als sie ihn im Oktober kurz kennengelernt hatte? Und Sabine? Sie würde es mir niemals verzeihen, wenn ich mich allein mit der Band treffen würde, während sie zu Hause die Schulbank drücken mußte.

Und dann gab es ja auch noch einen anderen Grund, der dagegensprach. Ein Grund, über den ich im Augenblick aber gar nicht nachdenken wollte, schließlich reichten die beiden anderen völlig aus.

„Jeannie, ich muß auflegen." Dino lachte. „Meine Mama hat zum Kaffee gerufen, und meine Nichten und Neffen belagern mich und wollen, dass ich das Telefon weglege."

„Das verstehe ich…"

„Aber ich werde mich bald wieder melden. Und ich werde versuchen, dir von den meisten Orten, in denen wir ab Januar auftreten werden, eine Postkarte zu schicken."

„Ich freu mich drauf, Dino."

Ich wollte noch so vieles mehr sagen, wollte ihm sagen, dass er ganz schnell wieder fit werden sollte, wollte der Band Glück und Erfolg wünschen…, doch ich brachte kein Wort mehr heraus, und ehe ich mich versah, war die Verbindung unterbrochen.

An einem Vormittag, in der zweiten Hälfte des Januars meldete sich Biggie wieder. Ich freute mich, als ich ihre Nummer auf dem Display sah, und ich hoffte, dass sie mir gute Nachrichten bringen würde.

„Ich wünsch euch allen ein tolles Neues Jahr", rief ich ihr entgegen. „Seid ihr gut hineingerutscht?" Und bevor sie antworten konnte, fügte ich besorgt hinzu: „Was hast du inzwischen von Dino gehört? Geht es ihm besser?"

„Petra...," unterbrach sie mich. „Natürlich wünschen wir dir und deiner Familie auch ein gutes Neues Jahr, aber... Es tut mir leid, ich habe keine besonders guten Nachrichten für dich. Dina ist im Krankenhaus."

Ich hatte das Gefühl, ich müsste den Hörer fallen lassen, weil ich plötzlich keine Kraft mehr hatte, ihn zu halten. „Mein Gott, Biggie, was ist passiert...?"

„Vorerst ist er nur zur Beobachtung dort. Die Ärzte konnten bisher einfach noch nicht herausfinden, was ihm wirklich fehlt. Nun wollen sie verschiedene Untersuchungen mit ihm machen."

„Hat er denn Schmerzen gehabt?", fragte ich. „Bei seinem Anruf zu Weihnachten hat er einen so munteren Eindruck gemacht..."

„Ja, wir haben eigentlich alle damit gerechnet, dass er bald wieder fit ist. Er selbst natürlich auch. Er war wirklich gut drauf, aber... Nein, er hat keine bestimmten Schmerzen, es geht ihm einfach nur verdammt schlecht. Und dann, beim ersten

Konzert… Er wollte unbedingt dabei sein… Er ist einfach zusammengeklappt…"

„Oh mein Gott, Biggie." Meine Hand, die den Hörer hielt, zitterte. „Wonach suchen denn die Ärzte eigentlich? Haben sie eine bestimmte Vermutung? Einen Verdacht? Meinst du, ich sollte nach Berlin kommen? Glaubst du, das würde ihm helfen?"

„Ich weiß nicht, Petra. Ich denke nicht, dass es gut wäre. Wirklich helfen kannst du ihm nicht. Außerdem würde er nicht wollen, dass du dir ungewöhnlich große Sorgen machst."

„Vielleicht hast du recht", sagte ich, und ich dachte, dass es für mich selbst wahrscheinlich auch nicht das Beste wäre, jetzt nach Berlin zu fahren und mitzuerleben, dass es ihm nicht gut ging. „Was wird denn nun mit der Band, wenn er ausfällt? Sie haben doch sicher feste Termine."

„Rainer hat sich schon nach einem Ersatz umgesehen, denn ohne Sänger geht es nun mal nicht. Vorerst natürlich nur vertretungsweise. Aber es muß sein, sie müssen doch ihre Verträge einhalten…"

„Ja, das versteh' ich, es muß ja weitergehen." Ich spürte, dass mir die Tränen kamen. „Ach Biggie, es ist so schrecklich traurig."

„Ja, das ist es."

„Meldest du dich wieder, sobald es Veränderungen gibt?"

„Ja, natürlich, Petra. Wir besuchen ihn, so oft es

geht. Ich werde ihm Grüße von dir ausrichten, das wird ihn freuen."

„Oh ja…" Sollte ich sie beauftragen, ihm zu sagen, wie sehr ich ihn liebte? Nein, Worte konnten nicht ausdrücken, was er mir bedeutete. Und er wußte es ohnehin.

In einer Musik-Zeitschrift hatte ich einen kurzen Artikel gelesen, in dem Rainer als Chef der Gruppe *Transparent* nach Bernhards Gesundheitszustand gefragt wurde. Natürlich hatte sich auch die Presse Gedanken darüber gemacht, warum die Band plötzlich mit einem anderen Sänger auftrat. Doch nach dem, was Rainer dazu sagte, hörte es sich allerdings so an, als wäre alles nur halb so schlimm. Demnach hatte Bernhard einfach nur einen kleinen Schwächeanfall erlitten und würde zurückkehren, sobald er sich wieder erholt hatte und wieder besser fühlte. In Wirklichkeit sah jedoch alles ganz anders aus.

„Wir wissen auch nicht so genau, was ihm fehlt", sagte Biggie bei einem Telefonat Anfang Februar zu mir. „Uns sagen die Ärzte ja nichts, und als Rainer neulich mit Dinas Bruder telefoniert hat, hat er auch keine klare Auskunft bekommen."

Einige Tage später, es war noch früher Morgen, rief mich Dino dann selbst an. Ich begriff nicht gleich, wer da am anderen Ende der Leitung war, die Stimme klang so leise und dünn… „Jeannie!"

Ich erschrak, als ich begriff, wer es war. „Dino! Wie schön, dass du anrufst." Ich versuchte, zuversichtlich zu klingen, traute mich aber nicht, ihn zu fragen, wie es ihm ginge.

„Jeannie, glaubst du, dass du herkommen kannst?"

In der ersten Sekunde wußte ich nicht, was ich antworten sollte. Natürlich war mir klar, dass er mich das nicht gefragt hätte, wenn es nicht wirklich wichtig für ihn gewesen wäre.

„Ja, natürlich", sagte ich, ohne groß darüber nachzudenken, obwohl ich keine Ahnung hatte, wie ich das machen sollte. Da gab es so vieles zu bedenken, so vieles sprach dagegen. Ich konnte Sabine nicht mitnehmen, weil sie zur Schule mußte, und da es auch mir nicht besonders gut ging, fürchtete ich, dass eine Reise nach Berlin auch für mich im Augenblick fast zuviel wäre. Dennoch war mir klar, dass ich fahren *mußte,* wenn ich Dino damit helfen konnte.

„Ich weiß ja nicht, ob du Zeit hast", fügte er leise hinzu. „Sicher wird es nicht einfach für dich sein, von zu Hause wegzukommen, aber, Jeannie…, bitte! Ich würde dich so gern noch einmal sehen…"

„Dino, was sagst du denn da", antwortete ich erschrocken. „Natürlich komme ich, so schnell es mir möglich ist. Und auch die Sommerferien werden wir wieder in Berlin verbringen, Dino, das steht schon mal fest. Wir freuen uns doch schon ganz riesig darauf."

„Ich weiß nicht, ob ich bis dahin durchhalten

kann", antwortete er leise. - „Jeannie, ich werde sterben."

„Dino! - Dino, bitte, sag doch nicht sowas. Nein, du wirst *nicht* sterben. Du *darfst* einfach nicht sterben!"

„Das liegt nicht in meiner Macht, Jeannie", sagte er. „Aber es wäre so schön, wenn wir uns vorher noch einmal sehen könnten. Ich werde versuchen, bis dahin stark zu sein."

Ich hatte gemerkt, dass ihm das Reden schwerfiel, und ich selbst hatte Schwierigkeiten, weiterhin tapfer und zuversichtlich zu klingen. Einerseits wollte ich ihn beruhigen, andererseits hatte ich Angst, weinen zu müssen."

„Ich werde kommen, Dino", versprach ich ihm. „Ich weiß nicht genau, wann, aber ich werde mich jetzt sofort darum kümmern."

„Manchmal ist es nicht mehr möglich, die Insel aufzusuchen, dann ist es ein Geschenk, wenn sie dazu bereit ist, zu kommen..."

Am liebsten hätte ich sofort meine Sachen zusammengepackt und mich auf die Reise gemacht, doch zuvor mußte ich meine Familie über mein Vorhaben informieren. Und vor allem mußte ich Sabine klarmachen, dass ich sie diesmal nicht mitnehmen konnte.

„Mit wem hast du telefoniert?", fragte sie, als sie verschlafen den Kopf aus der Tür ihres Zimmers steckte. Ich konnte ihr nicht wieder vorgaukeln, es sei jemand aus der Firma gewesen, und das wollte ich auch nicht.

„Sabinchen, ich muß dir was sagen."

Ich schob sie in ihr Zimmer zurück, dirigierte sie in Richtung Bett, setzte mich neben sie und hängte ihr die Bettdecke um die Schultern. „Pass auf, dass du dich nicht erkältest, wenn du aus dem warmen Bett kommst."

„Mama was ist denn los?" Sie schaute mir forschend ins Gesicht. Ich gab ihr einen Kuss und wunderte mich, dass sie so schnell erkannt hatte, dass es um eine ernste Sache ging, obwohl ich mir Mühe gegeben hatte, weder *zu* ernst auszusehen noch so zu klingen.

„Sabine, ich muß nach Berlin fahren, ich kann dich aber nicht mitnehmen."

Sie starrte mich verwundert an. „Warum?", fragte sie, - wahrscheinlich galt diese Frage für beide meiner Aussagen. „Der Grund dafür, dass ich fahre, ist, dass es Dino nicht besonders gut geht", erklärte ich ihr. „Und du kannst nicht mit, weil du zur Schule mußt."

„Was ist denn mit Dino? Ist er krank?

„Ja, er liegt im Krankenhaus. Allerdings…" Ich hob die Hand, um ihr nächstes ‚Warum?' abzublocken.   „Er ist nur für verschiedene Untersuchungen dort, die Ärzte wissen noch nicht genau, was ihm fehlt."

„Und *Transparent*? Was machen sie ohne ihn?"

„Rainer hat sich bereits nach einem Vertreter

umgesehen."

Sie zog ein langes Gesicht. „Oh Mann, wie gemein."

„Das ist nicht gemein, Sabine. Sie haben Auftrittstermine, die sie einhalten müsssen. Und ohne Sänger geht das nun mal nicht."

„Sie werden garantiert keinen finden, der so gut ist wie er", sagte sie traurig.

„Da muß ich dir recht geben."

„Meinst du nicht doch, dass ich mitfahren kann? Du könntest mich vom Unterricht befreien lassen."

„Nein, Sabine, das geht nicht. Ich weiß doch noch gar nicht, was mich erwartet und wie lange ich bleiben muß."

„Und wenn er ein halbes Jahr lang im Krankenhaus liegen müsste? Würdest du dann auch so lange dortbleiben?"

„Nein, natürlich nicht. Aber zumindest solange, bis man ungefähr weiß, was ihm fehlt und wie es mit ihm weitergeht."

Sie kuschelte sich in ihre Decke und lehnte ihren Kopf an meine Schulter. „Der arme Dino."

Schwieriger war es, meiner Mutter klarzumachen, dass ich weg mußte. Sie stand gerade in der Küche, um für sich und Papa das Frühstück vorzubereiten.

„Mama, ich weiß, dass ich dir heute bei verschiedenem helfen wollte, aber ich... Das geht nicht, weil ich so schnell wie möglich nach Berlin fahren muß."

„Nach Berlin? Was willst du denn dort?"

Ich überlegte, wie ich mich ausdrücken sollte, damit sie auch verstand, wie wichtig es mir war. „Ein Freund von mir ist krank geworden, ich möchte ihn nicht gern allein lassen."

Sie hielt kurz inne, die Brötchen aufzuschneiden und sah mich an. „Ein Freund?"

„Ja."

„Du kannst Sabine nicht mitnehmen, sie muß zur Schule."

„Das weiß ich, deshalb bin ich jetzt auch hier. Um dich zu bitten, dass du dich während dieser Zeit um sie kümmerst."

„Und wie lange wirst du fort sein?"

„Das weiß ich noch nicht."

Sie nahm Butter und Marmelade aus dem Kühlschrank und stellte sie auf den Tisch. „Der Freund, ist das der, der im Oktober hier war?"

„Ja."

„Was hat er denn?"

„Die Ärzte wissen es noch nicht genau. Man hat ihn für einige Untersuchungen ins Krankenhaus gebracht."

„Und wie willst du da helfen?"

„Ich will einfach nur bei ihm sein…"

Sie nickte vor sich hin. „Ich habe mir schon gedacht, dass er eine ganz besondere Rolle für dich spielt, sonst hättest du Sabine damals nicht zu uns geschickt."

Was sollte ich dazu sagen? Sie hatte ja recht.

„Ist er daran schuld, dass... Dass es auch dir zurzeit nicht besonders gut geht?"

„Ich..., wieso...?"

Sie hob flüchtig den Blick. „Petra, du mußt mir nichts vormachen, ich bin deine Mutter", war die Antwort. Doch bevor ich etwas sagen konnte, fügte sie hinzu: „Obwohl ich schon damals der Meinung war, dass er nicht zu dir passt. So ein junger Kerl, und dann noch so zurechtgemacht. Aber..."

Mir fiel nicht so schnell eine passende Antwort ein.

„Aber...", fuhr sie fort, „heutzutage spielt ja vieles keine Rolle mehr, im Gegensatz zu früher. Inzwischen habe ich mitgekriegt, wieviel dir diese Musiker in Berlin bedeuten. Sogar Sabinchen ist ja ganz vernarrt in sie."

„Sie sind unsere Freunde...", verteidigte ich sie.

„Und wie soll es dann weitergehen? Mit ihm und dir, meine ich? Du wirst nicht nach Berlin ziehen wollen, und er ist nicht der Typ, der hierher nach Brünnhofen passt..."

„Mama, das steht doch jetzt gar nich zur Debatte. Er ist krank, und er braucht mich..."

„Und was ist im Mai oder Juni? Wenn *du* ihn brauchen wirst? Wird er dir dann auch zur Seite stehen?"

Ich wandte mich ab. Was wußte sie von Mai

oder Juni? Bis jetzt hatte ich ihr keinen Hinweis gegeben. Im Gegenteil.

„Was sagt denn Sabine dazu?"

Ich wußte nicht, woran sie bei ihrer Frage dachte. „Dass ich nach Berlin fahre und sie nicht mitnehmen kann?", fragte ich zurück. „Das versteht sie."

„Na gut, dann pack ein paar Sachen für das Kind zusammen. Oder besser noch, bring mir deine Schlüssel, bevor du fährst. Schließlich muß sich ja auch jemand um deine Blumen kümmern."

Ich ging zu ihr, nahm ihr das Brotmesser aus der Hand und umarmte sie. „Danke, Mama", sagte ich.

Sie drückte mich fest an sich. „Ich hoffe, alles wird gut. Alles wird so, wie du es dir wünschst und erhoffst. Obwohl es nicht einfach für dich werden wird."

Dann lächelte sie. „Aber wir werden dir natürlich helfen, so gut wir können, der Papa und ich."

Als nächstes rief ich Biggie an, erzählte ihr von Dinos Anruf und dass ich beschlossen hatte, zu ihm nach Berlin zu fahren. „Eigentlich könntest du bei uns wohnen", sagte sie. „Im Normalfall wäre das kein Problem, wenn nicht mein Bruder zurzeit bei uns wäre..."

„Nein, nein Biggie, vielen Dank, du hast schon genug um die Ohren mit den Kindern. Ich könnte dir mit meinen Sorgen und Ängsten um Dino keine große Hilfe sein. Ich werde sehen, dass ich in der Nähe vom Krankenhaus eine Pension finde..."

„Wir werden dir natürlich dabei helfen. Melde dich, sobald du weißt, wann du ankommst. Irgendjemand wird dich abholen, egal, ob vom Flughafen oder vom Bahnhof."

„Das mache ich, ich werde mich gleich erkundigen, wie und wo es am schnellsten geht. Wahrscheinlich bin ich mit dem ICE am besten dran."

„Gut, Petra. Bis dann."

Als ich im Taxi zum Bahnhof nach Regensburg saß, fielen die erste Schneeflocken. Nur zarte Flöckchen zunächst, trotzdem dauerte es nicht lange, bis Dächer und Straßen mit einer dünnen weißen Schicht bedeckt waren.

Der Taxifahrer hatte einen kleinen Schneemann aus Pappmaschee auf dem Armaturenbrett stehen und ließ leise eine Kassette mit Kinderliedern laufen, in denen es um Schneeflocken und Winterspaß ging. Er war noch jung, sicher hatte er kleine Kinder zuhause, die darauf warteten, dass der Papa bald mit ihnen zum Schlittenfahren ging.

„Hoffentlich fängt es nicht heftiger an zu schneien, während Sie noch im Dienst sind", sagte ich zu ihm. „Nicht, dass Sie beim Fahren noch in Schwierigkeiten geraten."

Er lächelte. „Nach dieser Fahrt habe ich frei,

dann übernimmt mein Kollege. Kommt jeder mal dran." „Dann wünsche ich ihnen einen schönen freien Nachmittag."

Er lachte. „Ich danke Ihnen, das wünsche ich Ihnen auch. Ich hoffe, es warten lauter nette Leute auf Sie, dort, wo Sie jetzt hinfahren."

„Danke."

Ich seufzte. Es war keine Urlaubsreise, die ich vor mir hatte, im Gegenteil. Mein Herz war voll von Traurigkeit und Sorge, aber das würde diesen Mann nicht interessieren.

Vor dem Bahnhof zählte ich ihm das Geld in die Hand und öffnete die Wagentür. „Halt, Sie kriegen noch was raus", rief er mir nach.

„Ist schon in Ordnung."

„Danke! Vergelt's Ihnen Gott!"

Die Zugfahrt von Regensburg nach Berlin dauerte etwas mehr als vier Stunden. Vier Stunden, in denen ich nicht zur Ruhe kam, weil mir so vieles durch den Kopf ging. Je näher ich in Richtung Berlin kam, desto heftiger schneite es, und desto dicker waren die Flocken, und als der Zug durch die Innenstadt in Richtung Bahnhof fuhr, war längst alles in eine dicke weiße Decke gehüllt.

Biggie holte mich ab. Sie war nicht selbst gefahren, sondern stellte mir ihren Bruder vor, der hinter dem Steuer saß.

„Jetzt setzten wir dich zunächst einmal in der

Pension ab, die ich für dich ausfindig gemacht habe, damit du deine Reisetasche loswirst. Von dort aus sind es dann nur ein paar Schritte bis zum Krankenhaus. Vielleicht können wir uns, wenn du zurückkommst, noch kurz treffen."

Ich nahm sie in den Arm. „Danke, Biggie. Danke, dass du das alles für mich arrangiert hast."

„Das war doch selbstverständlich", sagte sie. Obwohl wir inzwischen Freundinnen geworden waren, war mir klar, dass sie das alles nicht nur allein für mich tat, sondern auch für Dino. Doch das war in Ordnung, ich selbst war ja auch bereit, alles für ihn zu tun, was notwendig war und was in meiner Macht stand.

Von der Pension aus waren es wirklich nur wenige Schritte bis zum Krankenhaus. Vielleicht wäre es vernünftiger gewesen, mich zuerst kurz hinzulegen, - ich hatte es auch versucht, doch die innere Unruhe hatte mich wieder in die Höhe getrieben. Obwohl es nicht weit zu laufen war, kam ich nur langsam voran. Ich fühlte mich leicht schwindelig und unsicher und mußte zusätzlich aufpassen, wegen des Schnees nicht hinzufallen.

Der Geruch, der üblicherweise in einem Krankenhaus herrschte, löste Übelkeit in mir aus, obwohl er mir früher nie etwas ausgemacht hatte. Es war so schlimm, dass ich mich für eine Weile in irgendeinem Gang auf irgendeiner Stuhlreihe niederließ und versuchte, tief durchzuatmen. Eine Schwester, die eilig den Flur entlangkam, stutzte und blieb stehen, als sie mich dort sitzen sah.

„Dr. Winter ist schon fort…", meinte sie, „morgen früh ab acht Uhr ist er wieder erreichbar."

Ich lächelte, ich kannte Dr. Winter nicht. „Ich wollte nicht zu ihm", sagte ich, „ich mußte nur einen Augenblick lang verschnaufen."

Sie schaute mich prüfend an, ihr Blick umfasste mich vom Kopf bis zu den Füßen. „Ihnen geht es nicht besonders gut, stimmt's?", sagte sie, und mir war klar, dass sie das Richtige vermutete.

„Es geht schon wieder", antwortete ich und wollte aufstehen, aber sie legte die Hand auf meine Schulter. „Bleiben Sie noch eine Weile sitzen. Wenn nötig fragen Sie nach Dr. Breitinger, ein Stück weiter den Gang hinunter. Er hat heute Dienst. Er wäre der richtige Ansprechpartner für Sie."

Ich nickte dankbar. Allein durch die Tatsache, dass sich jemand so nett um mich gekümmert hatte, fühlte ich mich tatsächlich schon ein wenig besser.

Schließlich fand ich auch Dinos Zimmer. Biggie hatte mir die Nummer gegeben, die eigentlich geheim war, weil man vermeiden wollte, dass *Transparent*-Fans in der Klinik nach ihm suchten. Sie hatte auch erzählt, dass Rainer bei Interviews sogar ein falsches Krankenhaus angab, damit Dino nicht gestört wurde.

Vor der Tür blieb ich einen Augenblick lang

stehen, schloss die Augen und atmete tief durch. Dino durfte keinesfalls merken, dass es auch mir nicht besonders gut ging, vor ihm mußte ich mich stark und zuversichtlich zeigen.

Weil ich keine Antwort hörte, nachdem ich geklopft hatte, drückte ich vorsichtig die Klinke hinunter.

Es gab nur ein einzelnes Bett in diesem Zimmer, und es war Dino, der mir entgegenschaute. Ich hätte weinen mögen, als ich ihn so daliegen sah, so bleich und hilflos. In wenigen Schritten war ich bei ihm und ging vor dem Bett in die Hocke. „Dino!"

Er lächelte. „Wie schön, dass du kommen konntest, Jeannie", flüsterte er, während er die Hand ausstreckte und mir über die Wange strich. „Hat alles geklappt mit der Fahrt hierher?" Seine Stimme war ganz schwach und leise.

Ich küsste ihn zärtlich und nickte. „Ja, es hat alles geklappt."

„Kannst du bei Biggie wohnen?"

„Ihr Bruder ist zurzeit bei ihr, aber sie hat mir ein Zimmer vermittelt, in einer Pension hier ganz in der Nähe."

Mein Rücken schmerzte, deshalb richtete ich mich wieder auf und sah mich nach einem Stuhl um. „Sabine wäre so gern mitgekommen, aber sie muß doch zur Schule", sagte ich. „Sie hat mir unendlich viele Grüße für dich aufgetragen, und ich soll dir sagen, dass du ganz schnell gesund werden sollst, damit wir im Sommer wieder zusammen Berlin unsicher machen können."

„Das ist nicht so einfach", meinte er lächelnd und griff nach meiner Hand. „Was gäbe ich drum, wenn ich wieder mit euch durch die Stadt ziehen könnte."

Er richtete sich ein wenig auf, stützte sich auf seinen Ellenbogen. Und während er meine Hand hielt, suchte er meinen Blick und sagte ganz ernst: „Ich werde sterben, Jeannie."

Ich war so erschrocken, dass mir der Schreck in den Magen fuhr. „Sag doch nicht so etwas, Dino. Das darfst du nicht einmal denken."

Er beugte sich zu mir herüber und küsste mich ganz sanft auf den Mund. „Ich weiß es."

„Woher willst du das wissen? Hast du mit einem der Ärzte gesprochen? Es wäre allerdings unverantwortlich, wenn dir jemand so etwas eingeredet hätte."

„Nein, nein, niemand hat mir etwas eingeredet. Aber ich fühle es…"

„Das ist doch Unsinn, du darfst dich nicht von solchen falschen Gefühlen leiten lassen. Im Gegenteil, du mußt zuversichtlich sein und dir jeden Tag immer und immer wieder sagen, dass alles gut werden wird."

Er schüttelte den Kopf. „Wie es auch kommen mag, es ist in Ordnung. Ich habe mich damit abgefunden." Er lächelte wieder. „Und es ist so schön, dass du noch einmal kommen konntest…"

„Im Sommer, wenn Sabine Ferien hat, kommen wir wieder. Bis dahin wirst du ganz sicher wieder gesund sein, und wir werden zusammen eine wunderschöne Zeit erleben."

Er schaute mich zärtlich an. „Wenn ich es bis dahin nicht schaffen sollte, werde ich dir einen Engel schicken."

Mir stürzten plötzlich die Tränen aus den Augen.

„Dino", schluchzte ich, „du hast mir doch schon einen Engel geschickt."

Obwohl er immer noch lächelte, sah ich doch, dass er nicht begriff, was ich ihm damit sagen wollte, deshalb nahm ich seine Hand und legte sie auf meinen Bauch. Und als ob das kleine Wesen darin gemerkt hätte, worum es ging, fing es in diesem Augenblick an, kräftig zu treten. Dino starrte mich an, er wollte etwas sagen, brachte jedoch keinen Ton heraus.

„Du mußt leben, Dino", flüsterte ich, „du kannst sie doch jetzt nicht im Stich lassen."

„Sie? Ist es ein Mädchen?" fragte er leise.

„Ja, es ist ein Mädchen", sagte ich, „ich werde sie Angela nennen, weil sie unser Engel ist."

Am Abend holte mich Biggies Bruder vom Krankenhaus ab, wir hatten ja ausgemacht, dass wir uns noch einmal in Schmargendorf treffen wollten. Rainer war nicht da, er war mit Mike und Ritchie zusammengekommen, um die Bewerbungen verschiedener Sänger durchzugehen und zu überlegen, was als Nächstes zu tun war.

Biggie wartete an der Haustüre, bis ich ausgestiegen war, dann nahm sie mich in den Arm. „Wie geht es ihm?" fragte sie mich, und bevor ich antworten konnte, kamen mir wieder die Tränen. Sie half mir dabei, meinen Mantel auszuziehen, und obwohl ich betont weite Kleidung trug, war doch bei einer ungeschickten Bewegung die leichte Wölbung meines Bauches zu erkennen gewesen. Ich hatte ihren Blick bemerkt und zog schnell meinen Pullover darüber.

„Petra…" Sie wußte nicht, was sie sagen sollte. „Bist du…?"

Ich nickte. „Ja, ich bin schwanger."

„Ist es…?"

„Ja, es ist Dinos Baby."

„Warum hast du das nicht früher gesagt. Ich hätte meinen Bruder in die Pension schicken können, um dich hier bei mir zu haben." Sie schüttelte den Kopf. „Mein Gott, die lange Zugfahrt und dann die ganze Aufregung und die Sorgen um Dino, das ist doch jetzt gar nicht gut für dich."

„Ich *mußte* einfach herkommen."

Sie führte mich ins Wohnzimmer, richtete mir einen Platz auf der Couch. „Ich hoffe, er war noch immer so zuversichtlich, wie beim letzten Mal, als wir ihn besucht haben."

„Nein, Biggie, ich glaube, er spielt nur Theater."

Ich mußte wieder weinen. „In Wirklichkeit ist er der festen Überzeugung, dass er sterben muß."

Sie schüttelte den Kopf. „Nein, er wird *nicht* sterben, wir haben hier sehr gute Ärzte. Letztendlich werden sie herausfinden, was ihm fehlt und das Richtige dagegen tun." Sie hatte sich neben mich gesetzt und legte nun vorsichtig die Hand auf meinen Bauch. „Hast du es ihm gesagt?"

„Ja, ich habe es ihm gesagt." Ich mußte unter Tränen lächeln, als ich daran dachte, wie das kleine Wesen ihn begrüßt hatte.

„Das ist gut, Petra, das wird ihm ganz sicher neuen Lebensmut geben. Wann wird es denn soweit sein?"

„Voraussichtlich im Mai."

„Sag mir, wenn ich dir irgendwie helfen kann."

„Danke. Ich bin so froh, dass ich hier sein kann."

Am nächsten Morgen in aller Herrgottsfrühe rief mich Biggie in der Pension an.

„Bist du schon wach, Petra? Bist du schon aufgestanden?" Ihre Stimme klang seltsam rau.

„Ja", antwortete ich, „ich habe kaum geschlafen heute Nacht."

„Ich werde jetzt zu dir in die Pension kommen."

„In Ordnung. Kommst du dann mit in die Klinik? - In zwanzig Minuten bin ich fertig..."

Sie legte auf, ohne mir weiter zu antworten. Und als sie kurz darauf an meine Tür klopfte, nahm sie mich nur wortlos in die Arme.

„Hast du schon was gegessen?", fragte sie, aber ich schüttelte den Kopf. „Ich kann jetzt nichts essen. Vielleicht kann ich mir später in der Klinik etwas in der Cafeteria holen, wenn ich erst weiß, wie es Dino heute geht."

Sie dirigierte mich zu der kleinen Couch, die im Zimmer stand. „Petra, die Klinik hat vor einer halben Stunde bei uns angerufen..."

„Ja? Gibt es Neuigkeiten? Haben die Ärzte nun endlich etwas herausgefunden?", fragte ich.

Sie nahm meine Hand. „Du mußt jetzt sehr stark sein, Petra..."

Ich verstand nicht, was sie meinte, - ich *wollte* es nicht verstehen. Stattdessen fragte ich: „Ist dein Bruder mit dem Auto da? Wird er uns in die Klinik fahren? Es könnte glatt sein, wenn wir laufen müssen." Jetzt erst merkte ich, dass sie weinte. „Biggie, was ist denn los?", fragte ich. „Geht es Dino schlechter? Was haben die Ärzte gefunden?"

Sie schüttelte den Kopf. „Es ist vorbei, Petra", sagte sie leise.

Ich war ärgerlich. „So rede doch endlich, Biggie. Wenn es etwas Schlimmes ist, was man bei ihm gefunden hat, dann werden die Ärzte ganz sicher etwas dagegen tun können. Du hast doch selbst gesagt..."

„Es ist das eingetreten, was er schon geahnt hat, Petra. Sein Herz hat einfach aufgehört zu schlagen..."

„Das ist unmöglich, das glaube ich nicht." Und

doch wußte ich, dass es die Wahrheit war. Und diese Wahrheit stürmte so heftig auf mich ein, dass mein Bewusstsein mich zu beschützen versuchte und sich einfach abschaltete. Mir wurde schwarz vor Augen...

Als ich wieder zu mir kam, lag ich auf meinem Bett und Biggie saß neben mir. Ich versuchte, mich aufzurichten, mir war nicht klar, was passiert war. Sie drückte mich an den Schultern in die Kissen zurück. „Bleib liegen, Petra. Versuche, ganz ruhig zu atmen. **Der** Arzt wird jeden Augenblick hier sein."

„Der Arzt? Ich brauche doch keinen Arzt, ich muß in die Klinik. Dino wird schon auf mich warten."

„Du kannst jetzt nicht in die Klinik, - es sei denn, der Arzt hält es für das Beste, dich einzuweisen wegen des Babys."

Unser Baby, dachte ich und lächelte, unsere kleine Angela. Ich legte meine Hand auf meinen Bauch und spürte ihre Bewegungen, - und dann kam die Erinnerung zurück, und erneut überfiel mich tiefe Dunkelheit...

Die Zeit danach

Ich wollte so schnell wie möglich wieder nach Hause, aber der Aufenthalt in Berlin zog sich doch länger dahin, als geplant, weil mir der Arzt einige Tage Ruhe verordnet hatte.

Biggie schaute jeden Tag bei mir in der Pension vorbei. Es dauerte eine Weile, bis ich mit ihr über das reden konnte, was geschehen war.

„Was hat ihm denn gefehlt, Biggie? Was haben die Ärzte herausgefunden?"

Sie saß mir auf der Couch gegenüber und hielt meine Hand. „Das wissen wir nicht, Petra. Da wir nicht verwandt mit ihm waren, hat man uns keine Antwort auf unsere Fragen gegeben."

„Ich hätte ihn so gern noch einmal gesehen."

„Das wäre sicher nicht gut für dich gewesen."

„Aber dann hätte ich mich von ihm verabschieden können. *Wir* hätten uns von ihm verabschieden können."

„Glaub mir, so war es besser." Sie seufzte tief. „Inzwischen ist Dinos ältester Bruder hier in Berlin eingetroffen. Rainer will versuchen, mit ihm zu reden."

„Meinst du, dass auch ich mit ihm reden und ihm von Angela erzählen sollte?"

Sie hob die Schultern. „Ich weiß es nicht.

Vielleicht kann Rainer ihm gegenüber erwähnen, welche Bedeutung du für ihn gehabt hast. Dann wird man sehen, was er dazu sagt."

Später erfuhren wir, dass Rainer Dinos Bruder zwar von mir erzählt hatte, doch der hatte nur den Kopf geschüttelt und ihm nicht geglaubt.
„Da gibt es sicher einige, die für ihn geschwärmt haben und die jetzt ihren Vorteil daraus zu ziehen versuchen", hatte er gesagt. „Dabei war es doch erwiesen, dass er sich nie für Frauen interessiert hat."
Wie wenig sie ihn doch gekannt und wie wenig sie von ihm gewußt hatten.

Zurück in Brünnhofen kündigte ich meinen Job aus gesundheitlichen Gründen, - ich wußte, meine Eltern würden immer hinter mir stehen.
Es gab nur wenige, denen auffiel, dass ich in den folgenden Wochen selten im Ort zu sehen war, und dass ich, im Gegensatz zu früher, bei den meisten Veranstaltungen fehlte. Es waren auch nur wenige, die erfuhren, dass ich Ende Mai die kleine Angela zur Welt gebracht hatte.
Sabine liebte die Kleine abgöttisch, vom ersten Augenblick an, - obwohl sie die Zusammenhänge noch immer nicht ganz verstand.
„Hat Angela eigentlich keinen Papa?", fragte sie mich eines Tages, als sie mir beim Stillen zusah, während sie liebevoll die Hand des Babys hielt

und streichelte.

„Warum hast denn *du* keinen Papa?“, antwortete ich mit einer Gegenfrage.

„Weil mein Papa gestorben ist.“

Ich nickte. „Und auch Angelas Papa ist gestorben.“

Sie schaute mich verwundert an. „Ist er auch verunglückt?“

„Nein, er war sehr krank.“

Sie dachte nach. „Wie Dino?“, fragte sie.

Ich nickte. „Ja, wie Dino.“

Plötzlich schien sie zu begreifen. „War... Dino ihr Papa?“

„Ja.“

„Aber..., das kann doch gar nicht sein.“

„Warum nicht?“

„Mein Papa war immer bei uns, bevor er verunglückt ist. Dino hat nie bei uns gewohnt, er war nur einmal einen Tag lang zu Besuch.“

Ich mußte lächeln. Sie wußte nicht, wie lange Dino damals wirklich da gewesen war, denn ich hatte sie ja zu meinen Eltern geschickt. Und sie wußte auch nicht, dass ein einziger Tag, eine einzige Nacht reichte, um einem kleinen Engel wie Angela das Leben zu schenken.

„Es kommt nicht immer darauf an, wie lange man zusammen ist, sondern viel mehr, wie lieb man sich hat.“

Gedankenverloren streichelte sie noch immer die kleine Hand und nickte. Obwohl sie nicht wirklich verstand, was ich ihr damit sagen wollte, schien sie es doch zu ahnen.

Natürlich wunderten sich auch viele der Brünnhofener, dass man mich im darauffolgenden Sommer immer wieder mit einem Baby im Kinderwagen spazierenfahren sah, und Sabine erzählte, dass man sie des Öfteren gefragt hatte, wessen Kind das sei, das ihre Mutter betreute. Obwohl sie ihnen geantwortet hatte, das sei ihre kleine Schwester, glaubte man ihr nicht, und da man nichts von einem Mann wußte, mit dem ich in irgendeiner Beziehung gestanden hätte, dichteten sie sich eine eigene Geschichte zusammen. Für sie war ich eine verwitwete, alleinerziehende Frau, die nach dem Tod ihres Mannes versuchte, so gut wie möglich mit ihrem Leben zurechtzukommen. Eine Frau, die sich aus dem Arbeitsleben zurückgezogen hatte, um sich einer neuen Aufgabe zu widmen, die sich entschlossen hatte, ein fremdes Kind großzuziehen. Und man rätselte darüber, wem ich dadurch eventuell aus einer schwierigen Situation geholfen haben könnte...

Meine Eltern waren keine sehr gesprächigen Leute, keine, die sich an den Gerüchten beteiligten, die im Ort herumgingen, und keine, die sich ausfragen ließen.

Im Laufe der Zeit verlor man schließlich das Interesse an dem Wieso und Warum und akzeptierte, dass es fortan zwei Mädchen waren, die ich aufzog, und denen ich, wie man wohlwollend feststellte, meine ganze Liebe entgegenbrachte.

Für die Band *Transparent* gab es einen neuen Sänger. Zwar konnte er Dino nicht wirklich ersetzen, doch er war gut genug, dass die *Transparent*-Songs weiterhin geliebt wurden und überall in den Charts auf die ersten Plätze kletterten.

Biggie war mir eine echte Freundin geworden. Es fiel ihr schwer, sich damit abzufinden, jetzt die Frau eines so bekannten und beliebten Musikers zu sein. Sie litt darunter, über Wochen allein zu sein, und niemand konnte ihr das so gut nachfühlen, wie ich. Doch zum Glück hatte sie ihre Kinder, und wir alle kamen oft zusammen, um gemeinsam die Ferien zu verbringen.

Auch für den nächsten Mai waren wieder einige Tage in Berlin geplant. Ich wußte, dass es sehr schön werden würde, und doch... Ich wußte auch, dass es für mich niemals mehr so sein würde, wie es damals war...

DoBuehler@t-online.de

Weitere von Doris Bühler erschienene Romane:

Queenie (2011)
Ramy und Chris (2013)
Irrlichter (2013)
Der Andere (2014)
Wechselspiel (2015)
Das Haus im Nirgendwo (2016)
Im Netz der Lügen (2019)
Dark Moon (2020)
Timeflyer-Trilogie (2021/22):
I - Goodbye Charly
II- So long Ronnie
III- Lebwohl Mellie
X-MH46 - Die andere Welt (2022)
So oder so, - oder anders? (2023)
Das Mädchen und der Gitarrist (2022)
Maja – Der Weg zurück (2023)
Begegnung in Paris (2012)
(12 Kurzgeschichten)

Alle Bücher erhältlich bei Amazon
Zu bestellen in jedem anderen Buchladen